Das wahre Leben der Ilse Bähnert

Ein sächsisches Geschichtenbuch mit Folgen

edition Sächsische Zeitung

Den Großmüttern

Herzlichen Dank
an Gerti Lentz, Regina Pauls,
Karin-Elke Sommerschuh, Charlotte Teichert,
Christa Ufer und Ilse Witt

Bildnachweis

Amac Garbe . Titel, 3, 7, 14, 38, 72, 111
I.B.-Archiv . 17, 20, 33, 49, 65, 87, 96, 104, 128, 133, 138, 141
Stephan Floß . 24, 91, 93, 125
Jörg Lange . 53, 144

Impressum

 Neue, überarbeitete und ergänzte Auflage 2015

Satz und Gestaltung: Torsten Mix . Dresdner Verlagshaus Technik GmbH

Druck: Neue Druckhaus Dresden GmbH

ISBN: 978-3-943444-43-8

Vorwort

Wer ist Ilse Bähnert? Was für eine Frage! Sie wohnt gleich nebenan. Die Bähnerten, natürlich. Ilse, Ilse, jeder will se. Die ist so bekannt wie das Leipziger Völkerschlachtdenkmal, der Rote Turm zu Chemnitz und der Dresdner Zwinger zusammen. Eine freistaatliche Sehenswürdigkeit. Unverwüstlich, unverbesserlich, unglaublich. Höhepunkte, Höhepunkte und aus allem das Beste machen heißt ihr sozialdemographisches Credo. Sie ist bodenständiges Unikum mit ausgeprägter Leidenschaft zur Hausordnung und schwärmerischer Liebhaberei zu den feinen Leutchen, die schon immer was von sich hielten. Streng verdaulich, mit Hut auf der Hut und stets auf der Höhe der Zeitgeister. Nicht ebay, drei, zwei, eins – meins, sondern I.B.: eins, zwei, drei – hättsch ham könn! In Filzlatschen überschreitet sie die Grenzen möglicher Unmöglichkeiten und erklärt sich die Welt, die sie innerlich mit Hausmannskost zusammenhält. Mit schürzenphilosophischen Nadelstichen und kochkünstlerischen Aufläufen schreibt sie sächsische Geschichte mit lachhaften Erfolgen. Schließlich gibt es inzwischen alles im Überdruss. Nur wahrer Humor ist Mangelware. So könnte sie unverdrossen weiter höflich, helle und heemdicksch gegen die Mittelmäßigkeit der alternden Gesellschaft sticheln. Verblüffend, verschmitzt, vergnüglich.

Doch plötzlich, kurz nach ihrem 80. Geburtstag, kommen ihr die ganzen Erinnerungen von damals wieder hoch. Nicht immer schmackhaft wie der kalte Rondo von gestern. Sie denkt an Lust und Last der Kindheit in Leipzig, an Irrsinn und Irrwitz des Krieges, an Klamauk und Katerstimmung, oder besser kollektivierte Kaderstimmung der 50er-Jahre in Dresden. Ein

Panoptikum der alltäglichen Katastrophen und katastrophalen Alltäglichkeiten. Heiter, hintersinnig, haarsträubend. Alles ist wieder da, als wären alle noch da. Was ist mit der Mutter? Warum verschwindet der Vater? Weshalb erfahren Kinder so vieles viel zu spät? Wieso verschweigen Großmütter die Wahrheit? Woran stirbt die geliebte Tante? Ist es Liebe? Warum heiratet eine Frau? Braucht der Mensch ein Testament? Wer ist Ilse Bähnert? Lesen Sie selbst, sehen Sie die Bilder, wundern Sie sich, und Sie werden sich wieder an Ihre Erinnerungen erinnern. Ob Sie es glauben oder nicht!

Tom Pauls / Peter Ufer

´s Bäckchen

Uff unsern Erdenfleckchen
Drächt jeder Mensch sei Bäckchen
An Gummer hin durch´s Lähm.
Der eene schleppt´s verborchen,
Dr andre zeicht de Sorchen
Ganz deitlich im Benähm.

De ärschte Art is schwärer.
De Jahre sind de Lährer,
Die bring´ een das schon bei.
Doch heimlich oder offen –
Ich hab noch geen getroffen,
Där ganz vom Bäckchen frei.

Das muss een schließlich dreesten,
Denn ooch de Allergreesten
Hamm Herzeleid und Mieh.
´s gann geens vom andern sachen:
„Du hast nich viel zu drachen.“
´s hängt alles ab vom Wie.

Lene Voigt

Das Testament

Folge 1

Frau Bähnert erhebt sich. Viel zu lange hatte sie in ihrem elektrischen Sessel gesessen. Der bringt sie per Knopfdruck in jede Lebenslage. Jetzt ragt die Lehne kerzengerade zum Himmel. Sie horcht, ob draußen vor der Tür jemand kommt oder geht. Aber es geht nichts. Und gekommen ist auch schon lange keiner mehr. Über die linke Lehne des Sessels aus braunem Velours legt sie ihre Webpelzdecke. Die hat ihr Günther Zieschong geschenkt. Das war vor vier Jahren. Da klingelte der Nachbar plötzlich an der Tür. Er stand einfach so da mit der Pelzdecke, die er auf einer Verkaufsfahrt erstanden hatte. Zehn Weihnachten kam er und wollte ihr die schenken. Aber eine Bähnerten nimmt nichts geschenkt. Zumindest keine Decke und schon gar nicht vom Zieschong. Was Feines aus Kaschmir oder Kamelhaar wäre was gewesen, aber Zieschongs Webpelz? Niemals! Vergangenes Jahr nun konnte sie einfach nicht mehr ablehnen. Der Winter war klirrend kalt und keiner da, der die Kohlen schleppte.

Jetzt zieht Ilse Bähnert ihre Kittelschürze aus. So eine aus dünnem Dederon und ohne Ärmel, nicht kariert, sondern mit Blumenmuster. Sie mag Blumen. Schürzen, das wurde ihr genau in diesem Augenblick klar, Schürzen mag sie nicht. Aber was sollte sie tun all die Jahre? Ihr verstorbener Mann Herbert hatte ihr damals zur Hochzeit den Kittel geschenkt. Gesagt hat er: „In der Schürze liegt die Würze.“ Und gelacht hat er dabei. Ilse schüttelt den Kopf. „Eiforbibbsch noch ä ma, an was ich plötzlich denken muss. Aber so isses, wenn mr alt wird. Da komm ehm die ganzen Erinnerung wieder hoch. Das schmeckt ni immer.“ Manchmal würde sie die Erinnerungen am liebsten vergessen. Manchmal lässt die Erinnerung alles vergessen, denkt Ilse. Los bekommt man sie nicht. Irgendwann ist sie wieder da. Auch wenn es nicht mehr wie früher ist. Irgendetwas ist anders geworden. Das war Ilse Bähnert schon lange aufgefallen. Aber was?

Kein Mensch hatte die Frau vor dem Mittag je ohne Schürze gesehen. Schon gar nicht jetzt, um fünf vor Zwölf. Sie faltet auf der rechten Lehne des elektrischen Velours-Sessels das feine Dederon zusammen, legt es in den Stubenschrank oben auf die Tischdecken. Gleich daneben steht das Porzellan ihrer Großmutter. Ilse nimmt sich eine Meißner Tasse mit rotem Drachenmuster und geht in die Küche. „Noch ä Dässl Bohnengaffee und dann muss ich wohl oder iebl dran glooben", sagt sie und greift sich ans Herz. „Da beißt dä Maus keen Faden ab." Entschlossen stellt sie den Pfeifkessel auf den Herd, den Kaffeefilter auf die Kanne, einen Kerzenständer auf den Tisch. Sie zündet das Gas und die Kerze an, läuft zur Anrichte, kramt aus dem Schieber einen Block Papier und einen Kugelschreiber. Mit einem Stoßseufzer setzt sie sich und schreibt: MEIN TESTAMENT!

„Mr muss den ganzn Gram ä mal loswärn, bevor mor in de Grube hubbd", sagt sie. „Was solln denn dä Leide denkn, wenn se hier reinkommen und ä eenzsches Durchänander findn. Nee, nee, Ordnung muss sein." Der Kessel pfeift. Sie gibt fünf Teelöffel Kaffee in den Filter, dann gießt sie das kochende Wasser darüber. Sie rückt ihr Haar zurecht und schreibt langsam auf den Rand des weißen Büttenpapiers: „Ich, Ilse Marie Bähnert, geboren am 13. August 1925 ...". Sie hört auf, sagt: „Goddl nee, 1925, das is ooch schon widder über Äbblstigge Jahre her. Wie mor mit dorr Zeit forgehd. Forschdbar!" Ihr Kaffee ist durchgelaufen. War der 13. August 1925 nicht ein Donnerstag oder ein Freitag? Jedenfalls war es am Ende der Woche, denkt sie. Die Sonne ging auf an jenem Sommermorgen. Eine neue Zeit brach an. Zeit war das einzige, was sie damals reichlich hatte. Denn Zeit ist das Leben, das man vor sich hat, denkt Ilse. Die meisten Menschen nehmen das einfach so hin und wundern sich kein bisschen darüber. Damals schien es sogar, als hätten die Menschen unendlich viel Zeit. Heute nehmen sich die Menschen immer weniger davon und irgendwann geht die Zeit ohne sie dahin. Heute, denkt Ilse, geschieht nichts mehr zu seiner Zeit, sondern alles gleichzeitig. Und wer nicht mit der Zeit geht, der geht mit der Zeit. „Erst hatt´n mir lange Notzeit und jetzt ham alle Zeitnot", sagt Ilse. Damals wusste sie davon nichts. Sie hatte keine Ahnung, was passieren wird. Schließlich war Ilse Marie ein winziges Kleinkind, ohne Taufschein und ohne ein einziges Wort Sächsisch. Aber es passierte etwas. Das war nicht aufzuhalten. Der letzte sächsische König, Friedrich August III., hatte sich längst nach Sybillenort bei Breslau verdrückt, der Landtag gerade das Landeswohlfahrtsgesetz verabschiedet, Melitta Bentz den papiernen Kaffeefilter bereits erfunden, der Leipziger Stadtrat beschloss die Schließung aller Bordelle, das Gummi-Kondom wurde seit Jahren in Sachsen in Serie produziert und Eberhard Cohrs war vier Jahre alt. Gret Palucca gründete in jenem August ihre Tanzschule in Dresden, Erich Kästner schrieb sein Doktorexamen zum Thema „Die Erwiderung auf Friedrich des Großen Schrift De la littérature allemande". Ein Jahr später reiste der Dichter mit seiner Mutter nach Italien. Dort vertraute sie ihm das Geheimnis an, dass sein Vater nicht sein Vater sei, sondern dass der Hausarzt sie lustvoll geschwängert habe. Ohne Zuzahlung! Derlei putzsche Lust kam bei Bähnerts niemals vor. Außer einem einzigen Mal. Aber davon erfährt die neugeborene Ilse Marie erst viel später. An jenem Freitag, dem 13. August 1925, stehen die Eltern Friedrich Oskar und Charlotte Emmi Teichmann glücklich an der Wiege von Ilse Marie.

Und neben der Mutter steht Tante Lene. „Genau so, als wärs gestern gewesn", sagt Ilse Bähnert. Es war eine Hausgeburt in Leipzig. Aber das schreibt sie nicht. Sie schreibt: „... geboren am 13. August 1925 in Marienbrunn an der Märchenwiese im Rumpelstilzchenweg Nummer 7 ..." Tante Lene wohnte ganz in der Nähe in der Nostitzstraße Nummer 51. Sie wollte aber gerade umziehen in die Oststraße Nummer 104. Seit ihr Sohn Alfred tot war, fand sie keine Ruhe mehr. Schon ein Jahr später zog sie in die Frankfurter Straße 49. „So was prägd sich ein ins Gehärne, da weeste noch wie viele Modschegiebschn aufm Grashalm saßen, als dä den ersten Schrei nausgeblärrd hast. Geboren wurde in dorr Hornzsche mit heeßm Wasser und gebüchldn Diechern." Der werdende Vater musste draußen bleiben bis die Frau soweit war, denkt Ilse. Nicht wie heute, wo die Weichgesichter mit der schwangeren Gattin im Duftwasser eines Gebärpools planschen und das Baby zögert abzutauchen, weil die computergesteuerte Fruchtblasenwasseranalyse beim Datenabgleich Differenzen zum idealtypischen EU-Standard aufweist. Das hat Ilse mal irgendwo beim Friseur gelesen. Das Ende vom Lied ist das Ende der Liebe, weil die Frau sich sehr wohl daran erinnern kann, dass der Mann im Kreißsaal versagte, als er der werdenden Mutter mal die Hand halten sollte. Die Gattin hat dann schlicht keine Lust mehr auf so einen modernen Schlappschwanz. „Nee,nee – die Trennung zwischen Mann und Frau war schon dä rischdsche Ordnung", sagt sich Ilse. „Männer missn draußn bleibn, wenn dä Frau schon ma was off dä Welt bringt."
Und dann sagt sie: „Vielleichd hädde ich meine Schärze schon viel eher ausziehn solln!?" Sind Schürzen nicht der Stoff, aus dem die Frau, hat sie sich einmal darin einwickeln lassen, nie mehr herauskommt? Steckt die Frau nicht in dem Kittel wie

eine im Herbst gepflückte Bohne im Einweckglas? Natürlich ist sie so selbst nach dem Verfallsdatum unverderbbar, aber junges Gemüse schmeckt nun mal besser. Daran hat sich nichts geändert. Die eingemachten Bohnen bleiben oft jahrelang in der letzten Reihe stehen, bis mal wieder Not an Frischgemüse ist. Manchmal gibt es Not im Überfluss, denkt Ilse. Einziger Trost war für sie, dass man Schürzen als Obertrikotagen bezeichnen kann. Und praktisch sind sie auch. Außerdem kann eine Frau nicht rumlaufen wie ein Mann. Schon gar nicht in der Küche. „Was issn, wenn plötzlich de Döring ausn dritten Stock kommt? De kluge Frau hat was Schickes drundor und ist so immer empfänglich", sagt sie. Die kluge Frau baut vor! „Die kluge Frau hat einen Vorbau", sagte ihr Herbert manchmal, als sie jung waren und er wieder einmal einen Schluck zu viel über den Durst getrunken hatte. Ilse hasste diese Sprüche.
Sie nimmt einen Schluck vom frisch gebrühten Kaffee und schreibt weiter: „... verfüge ich hiermit ..." Sie stutzt. „Ja, was forfüche ich denn nuh um Himmels Willn? Ich müssde ja erscht ä ma wissen, was ich ni mehr gebrauchn kann. Da wäre das Porzellan dorr Großmuddor. Das hat seinen Wert genau wie das Biedermeier-Scheselong. Die Küchenmöbel gehn übern Jordan oder zu dä Tschechn, dort könnse die vielleicht noch gebrauchen." Dann läuft sie zur Anrichte, zieht den Schieber auf, holt eine von Herberts alten Zigarrenkisten heraus, klappt den Deckel auf und beginnt zu kramen. Sie zerrt einen Zeitungsausschnitt hervor. Sie sieht sich das Bild an und liest: „Erste Untergrundmessehalle der Welt 1925 unter dem Marktplatz von Leipzig eingeweiht. Die 680.000 Einwohner der Stadt feiern ..." Der Rest ist abgerissen. Aber das will Ilse jetzt gar nicht wissen. „Hier irschendewo muss es doch sein", sagt sie. Plötzlich holt sie ein rotes Buch hervor, auf dessen

Umschlag in geprägten altdeutschen Lettern steht: SPARKASSE. Sie öffnet das Buch und muss sofort an einen von Herberts Sprüchen denken. „Ich muss immer so viel arbeiten, dass ich überhaupt keine Zeite habe, um Geld zu verdienen." Das sagte er manchmal, wenn er keinen einzigen Schluck über den Durst getrunken hatte. Jetzt versteht Ilse Bähnert, was er meinte. Es ist ernüchternd. „Nicht ä eenzschn Notgroschn off dorr hohen Kante, über den ich verfüchen könnte." Als sie das Sparkassenbuch kopfschüttelnd zurücklegt, entdeckt sie in der Zigarrenkiste einen Brief. Er ist verschlossen, weder eine Adresse noch ein Absender stehen darauf. Ilse nimmt den Brief, hält ihn einige Sekunden gegen das Licht, legt ihn auf die Anrichte, sieht kurz nach hinten zur Tür, holt aus dem Schieber eine Schere, fährt mit der Spitze zwischen das Papier. Offen. Ilse angelt ein Blatt heraus, entfaltet es, setzt sich und beginnt zu lesen. Sie liest lange. Immer wenn sie fertig ist, fängt sie wieder von vorne an. „Wer hädde das gedacht. Also ich am allerwenischsdn." Plötzlich läuft ihr eine Träne über die Wange.

Die Märchenwiese

Folge 2

Eine Stimme sagt: „Du musst nicht weinen, meine Kleine". Über den Kopf von Ilse Marie streicht eine Hand. Die Stimme spricht ruhig:

„Ja siste, das gab änne Beile,
doch geene Dränchen drum, i wo!
Ä jeder Schmärz währt bloß ´ne Weile,
druff biste noch ämal so froh.
Un wennde uff dein schbätern Wächen
mal ratlos schtehst, weil dirsch geschah,
daß Schicksalsschtärme dich umfächen,
dann weeßte, meine Hand is da."

Ilse Marie lächelt unter den Tränen. Die Großmutter lacht ihr ins Gesicht. „Na, siehst du, mein Seelchen, es geht ja schon wieder. Das Gedicht ist von Tante Lene. Das hat sie für dich geschrieben als du geboren wurdest." Ilse war damals vier Jahre alt, erinnert sich noch heute an jedes Wort, das die Großmutter sagte. Sie war eine dieser alten Frauen, die man nie vergisst, weil sie nach Wärme riechen, denkt Ilse. Wenn die Mutter schimpfte, rannte sie als Mädchen schnell hoch auf den Dachboden und versteckte sich im Schoß der Großmutter. Deren Haus in Marienbrunn an der Märchenwiese im Rumpelstilzchenweg Nummer 7 war wie für eine schnelle Flucht in das Zimmer unterm Dach gebaut. Dort saß die Großmutter mit ihren 80 Jahren in einem großen ledernen Sessel, die Beine zugedeckt mit einer Kamelhaardecke. Vor ihr ein Biedermeiertischchen, darauf eine Tasse aus Meißner Porzellan mit rotem Drachenmuster. Ilse Marie musste ihr oft aus der Küche in dieser Tasse Haferflockensuppe bringen. Manchmal goss sie der Großmutter einen Aromatique ein. „Mein Seelchen, denk

immer daran, du bist von blauem Blut", sagte die Großmutter, nachdem sie zwei Schluck genommen hatte.
Denn sie war eine von Pusch, Emilia Constantia von Pusch, geboren 1849 in Dornburg an der Saale, denkt Ilse. Hoch über dem Fluss auf dem weißen Kalksteinberg verbrachte sie ihre Kindheit. Noch heute erreicht der Besucher, am besten von Jena kommend, über die Straße zwischen den hügeligen Feldern die drei Schlösser, deren Grundmauern aus dem 10. Jahrhundert stammen. Vier deutsche Kaiser residierten hier, Johann Wolfgang von Goethe kam immer wieder, um sich zu erholen, um zu dichten, um mit seinem herzoglichen Freund Tage und Nächte zu verbringen. 22 seiner Aufenthalte sind verbürgt. 1828 blieb er wochenlang, schrieb am Faust II. Emilia Constantia von Pusch kannte jede Zeile wie die Namen aller Blumen im Schlossgarten, weiß Ilse. Die Großmutter erfuhr einst vom Geheimnis des goldenen Kelches. Sie putzte ihn nachts heimlich blank, bis er im Mondlicht so hell glänzte, dass die kleine Emilia sich die Augen zuhalten musste. Das Glanzlicht versprach ihr ein langes Leben. Irgendwann verschwand das Prunkstück des sächsischen Königs und geriet in Vergessenheit.
Als Ilse Bähnert zu ihrem 75. Geburtstag nach Dornburg fährt, um den Geburtsort ihrer Großmutter zu besuchen, trifft sie im Park am kleinen Springbrunnen eine ältere Dame. Sie stellt sich als Annelie Keppler vor, erzählt, dass sie den Schatz aus dem 16. Jahrhundert 1992 wieder entdeckt habe. Er stand seit Jahren auf dem Kleiderschrank im Pfarrhaus. Auf dem Rücksitz ihres Autos sei Annelie Keppler mit dem teuren Fund zur Sparkasse nach Jena gefahren, um ihn in einen Tresor einschließen zu lassen. Denn das Schloss sollte abgerissen werden. Die Dornburgerin habe das verhindert. Alles ist restauriert worden.

Annelie Keppler erzählt Frau Bähnert, dass sie dafür das Bundesverdienstkreuz bekam. Ilse erzählt, dass sie von ihrer Großmutter weiß, wie sie den Kelch mit Wasser und Blumen füllte und auf den Tisch am Eingang des kleinen Rokokoschlosses stellte. Genau an jene Stelle, wo sich Emilia Constantia das erste Mal verliebte. Jeder hätte sich in sie verliebt, denkt Ilse. Denn sie war eine unglaublich schöne Frau. Mit roten Haaren. Gefasst auf alles. Auch wenn nichts geschah. Denn das Leben lehrte sie, dass selbst die größte Niederlage ein Sieg sein kann. Mit 21 Jahren heiratete sie. Ein Jahr später, am 31. Oktober 1870, fiel ihr Gatte im Deutsch-Französischen Krieg in Le Bourge kurz vor der Belagerung von Paris. So jedenfalls hat sie es Ilse Marie erzählt.

Das Messer eines Franzosen habe im Rücken ihres Gatten gesteckt. Sächsische Truppen schlugen den Ausfall der Franzosen nieder. Die Kaiserproklamation von Versailles blieb dem Mann verwehrt. Das erzählte ihr ein Kamerad und gab Emilia Constantia den Todesdolch. Erstaunlich, wie sie in jungen Jahren rebellierte, denkt Ilse. Eine Frau, die alles wollte. Ungewöhnlich für ihre Zeit. Sie besuchte die höhere Schule für adlige Mädchen, führte später ein Hotel. Sie konnte reiten, kutschieren,

Das Kind: Das einzige noch gefundene Bild von Ilse-Marie.

steuerte ein Auto, tätigte Geldgeschäfte, ging allein auf Reisen, trug den Dolch mit sich und eine Pistole. Sie aß, trank gern, liebte, wurde verlassen. Eine Frau, die ihr Altwerden nicht fürchtete. Mit 46 Jahren verliebte sie sich in einen Mann. Seinen Namen verriet sie nie. Sie bekam ihr erstes und einziges Kind, Charlotte Emmi, die Mutter von Ilse Marie Bähnert.
Als kleines Mädchen saß Ilse Marie auf dem Dachboden in Marienbrunn an der Märchenwiese und hörte zu. Zuhören konnte sie. Stundenlang, aufmerksam, voller Anteilnahme. Die Großmutter war glücklich. Denn wer hört einer alten Frau schon zu, denkt Ilse heute. Dabei brauchen Großmütter oft nicht mehr als jemanden, der zuhört. Denn wenn einer zuhört, dann fühlen sie sich nicht so allein. Manchmal denken sie, ihr Leben sei umsonst gewesen, weil keiner etwas davon wissen will. Manchmal glauben sie, kein Mensch braucht sie mehr, weil keiner ihre Geschichten braucht, denkt Ilse. Manchmal wollen sie nicht mehr leben, weil die vielen unerzählten Geschichten auf das Herz drücken. Dann laufen sie auf die Straße und erzählen wildfremden Menschen von ihren Kindern oder ihrem Garten oder vom Wetter. Sie machen Reisen, nicht etwa weil sie die fremden Städte sehen wollen, sondern weil sie Menschen suchen, denen sie etwas aus ihrem Leben erzählen können. Emilia Constantia von Pusch blieb zu Hause auf ihrem Dachboden. Denn sie hatte Ilse Marie, die ihr zuhörte. Wenn die Großmutter einschlief, sagte sie: „Nich schlafn, Großmama. Erzähl mir eene von dein 300 Geschichtn, als du eine junge Dame warsd!“
Da war einmal König Georg, der Grämliche. So ging eine ihrer Geschichten los, erinnert sich Ilse heute noch. Denn als Emilia Constantia von Pusch 54 war, brachte sie den sächsischen Monarchen zur Weißglut. „Die Hure hat alles verdorben!“, soll er

durchs Dresdner Schloss geschrien haben. Emilia hatte ihrer besten Freundin, Luisa von Toscana, geholfen. Die Gattin des Thronfolgers, Friedrich August III., verließ das Haus Wettin, ihren Mann und ihre fünf Kinder. Schwanger von ihrem Geliebten, floh sie aus Dresden über Leipzig in die Schweiz. Ein dynastischer Skandal. Sie hielt es nicht mehr aus, weil der alte König Georg nichts weiter war als ein unerträglicher Stinkstiefel. Als der 1904 starb, saßen die beiden Frauen erneut beieinander, planten Luisas Rückkehr nach Sachsen. Noch besaß die Königsgattin die sächsische Staatsangehörigkeit. Außerdem war sie die Mutter des Kronprinzen. Sie litt, weil sie ihre Kinder nicht sehen durfte. Eine Schmach. Luisa wollte zurück. Emilia half.

Sie brachte Luisa von Toscana am 22. Dezember 1904 mit ihrer Kutsche vor das Dresdner Schloss. Es gab keinen Grund, der rechtmäßigen Königin den Einritt zu verweigern. Doch die Türen blieben zu. Der Gemahl, Sachsens letzter sächsischer König, öffnete nicht. Der Geheimdienst wusste um Luisas Reise und ihre Übernachtung in Leipzig. Friedrich August, der Feigling, weilte zur Jagd in Pillnitz. Obwohl er seine Frau noch immer liebte, gehorchte er dem Rat seines Ministers Metzsch. Der fürchtete Luisa wie der Teufel das Weihwasser. Sie war klug, modern, liberal. Der Provinzling wollte seinen Einfluss auf den König nicht verlieren. Die Königin wurde verhaftet. Wie eine Zigeunerin schob die Polizei die Frau des Königs ab, setzte sie in den Zug nach Frankfurt am Main und drohte ihr mit dem Tod, sollte sie je in Sachsen wieder auftauchen. Emilia Constantia von Pusch wollte den Zug aufhalten. Der Geheimdienst verhaftete auch sie, schaffte sie in den Hausmannsturm des Dresdner Schlosses. Wie heute in verschollen geglaubten Akten des sächsischen Hofes nachzulesen ist, musste sie gegen ihren Willen fast zwei Wochen dort verbringen. In einer kleinen Wohnung, die zuvor extra in dem Turm eingerichtet worden war. In den Akten steht auch, wo die beiden Frauen ihre Pläne schmiedeten. Im Leipziger Hotel de Pologne in der Hainstraße Nummer 16.

Ilse Marie lernte dort später das Tanzen. Da war das Haus schon Messeamt. Sie wusste damals nicht, dass dies hier einst ein Hotel war und wem es gehörte. So vieles erfuhr Ilse erst später. Kindern wird oft die Wahrheit verschwiegen. Aber sie fühlen sie. In den Ballsälen spürte sie eine Nähe, konnte sie aber nicht erklären. Ilse Marie sah in dem kleinen Saal die exotischen Bilder. Saftige Palmen strotzen im üppigen Grün, aus denen Kokosnüsse und Pisangfrüchte hervorlugten. Im großen Saal erblickte sie gestuckte Korallen, riesige Muschelfelsen, gemalte Hammerhaie, Rochen, Klippfische, Ozeanschiffe und eine schäumende Brandung. Einmal durfte Ilse Marie bei einem Ball auftreten. Hunderte Menschen standen an überladenen Tischen. Früchte, Kuchen, Schinken türmten sich. Die Männer im Smoking, die Damen in üppigen bunten Kleidern. Mittendrin die Großmutter. Sie veranstaltete den Ball zu ihrem Geburtstag. Und sie ging durch das Haus, als würde es ihr gehören. Ilse täuschte sich nicht. Der Vater von Emilia,

Die Königsgattin: Luisa von Toscana mit Tochter, die sie nie wieder sah.

Christian August von Pusch, hatte in den Jahren 1819 bis 1832 die drei seit Mitte des 17. Jahrhunderts nebeneinanderstehenden Häuser erworben und zu einem Hotel zusammengefasst. Der Name Pologne geht auf einen Besuch des polnischen Königs Stanislaus Leszczynski zurück. Ilse wunderte sich später, dass irgendjemand einst auf die Idee gekommen sein sollte, ein Hotel „Zum Polen" zu nennen. Heutzutage steht es leer. Doch als es nach dem Großbrand von 1846 neu gebaut wurde, war es bis 1917 das beste Haus am Platz, 130 Zimmer, zwei Fest- und Ballsäle. Über 1500 Menschen tanzten durch die Nächte, geführt von der Eigentümerin des Hauses, Emilia Constantia von Pusch.

Die Großmutter hielt Ilse Maries Hand. „Luisa wurde vom König geschieden. Sie erhielt den Titel Gräfin von Montignoso. Ich habe sie noch besucht, fuhr bis nach Florenz, wo sie eine zeitlang wohnte. Irgendwann lernte sie einen Mann kennen und dann noch einen und später einen italienischen Komponisten. Ich verstand sie nicht mehr. Luisa wurde immer wunderlicher, eine Mischung aus Essig und Überschwänglichkeit. Irgendwann verschwand sie", erzählte die Großmutter. „Ich habe ihr Geld geschickt, denn mit den Kerlen hatte sie kein Glück. Aber jetzt habe ich schon lange nichts mehr von ihr gehört. Hoffentlich geht es ihr gut. Ach, es geht ihr bestimmt gut. Sächsisches Unkraut vergeht nicht." Kaum endete die Geschichte der Großmutter, schlief sie ein. „Nich schlafn, Großmama." Ein leises Schnarchen verriet Ilse Marie, dass sie jetzt kein Glück mehr hatte.

Auf Zehenspitzen lief sie zur Kommode. Ganz unten im Schieber lag eine Dose, auf deren Deckel eine junge Frau lächelte. Die saß in bunten Blumen mitten auf einer grünen Wiese vor schneebedeckten Bergen. Genau so fühlte sich Ilse Marie,

wenn sie die Dose öffnete und eines der Zuckerstückchen in den Mund schob. Der süße Würfel zerfloss zwischen Zunge und Gaumen. Jede Treppenstufe, die sie leise hinablief, ein Kristall, der ihr den Weg nach unten versüßte. Im Parterre angekommen, blieb nur ein letzter Rest. Den schluckte Ilse erst herunter, als sie an der Garderobe angekommen war. Dann stand sie auf der untersten Stufe, vor ihr die Kurbel für die Fensterläden. Sie drehte mit beiden Händen die Kurbel hin und her und draußen gingen die Fensterläden auf und zu. Die flatterten wie die Flügel eines Riesenvogels. Sie kurbelte, stellte sich vor, wie das Haus vom Erdboden abhebt. Ein echtes Vogelhaus, ein Luftschloss, das über dem Rumpelstilzchenweg schwebt. Ilse weiß bis heute nicht, wer der Erfinder der Fensterlädenkurbel ist, alle Häuser auf der Leipziger Märchenwiese waren aber damit serienmäßig ausgestattet. Nichts hat sich daran bis heute geändert. Noch immer gibt es die Einbauschränke mit goldfarbenen Griffen im Flur, eine Zentralheizung und holzgetäfelte Decken. Jedes Haus hat eine Stube, eine Küche, zwei Toiletten, ein Herrenzimmer, ein Schlafzimmer, zwei Kinderzimmer, einen Dachboden und einen Keller mit Garage.
1911 wurde der Grundstein für die Gartenstadt gelegt, weiß Ilse ganz genau. Marienbrunn ist ein deutscher Musterbau, die Reihenhäuser behaglich aufgereiht zwischen Pappeln. Kleine Straßen, die meisten Sackgassen mit sauberen Bürgersteigen, mittendrin Plätze zur kollektiven Ertüchtigung. Bald kennt jeder jeden. Wenn Fremde kommen, wissen es alle. 1913 kaufte Emilia Constantia von Pusch das Haus Rumpelstilzchenweg Nummer 7. Schon lange wollte sie das Hotel mitten in der Stadt loswerden und suchte einen Ort der Ruhe, denkt Ilse. Einen Ort zum Nachdenken, wo nichts anderes in der Nähe liegt als Landschaft und ein Friedhof. Damals hatte sie ihn ge-

funden. Der Südfriedhof ist zu Fuß zu erreichen. Als sie ihr neues Anwesen am 22. Juli besichtigte, lief ihr König Friedrich August über den Weg. Er weihte die neue Siedlung zur ersten Internationalen Baufachausstellung ein. „Hier is´ de Welt noch in Ordnung", rief er den Bürgern zu und ging an Emilia vorbei. Zum Bürgermeister sagte er: „Ich hätte gar nisch gedacht, dass hier ooch der Adel rein darf. Ihr könnt mir schon mal ne Kämmenade freihalten." Kein Wort weiter. „Der war schon immer mehr ein August als ein Friedrich", dachte die Großmutter. „Alter Stiesel!" Dann ging sie in ihr Haus. „Hier will ich leben, hier will ich sterben", sagte sie und lächelte.

Der Brief

Folge 3

Mon Cher, Jean T. Paul!

Umsonst strecke ich meine Arme aus, im Träumen, im Wachen, denn kein Augenblick vergeht, an welchem ich nicht an Dich denke, ja denken muss. Unsere menschliche Natur hat es so eingerichtet, dass zwei Liebende, wenn sie ganz zueinander gefunden und füreinander bestimmt sind, einen neuen Stern im großen Weltenlauf erschaffen sollen. Dieser Stern ist nun lebendige Wahrheit geworden! Bitte zweifle nicht, auch ich habe es nicht glauben wollen, doch jetzt ist es nicht mehr zu übersehen. Ich gelobe Dir Stillschweigen, aber muss man es nicht Schicksal nennen, dass es sich so gefügt hat. Längst hatte ich den Traum verloren, je ein Kind auf dieser Welt mein Eigen zu nennen. Jetzt ist alles anders. Ich genieße es, in Gedanken Tag und Nacht bei Dir zu sein. Du bist fort und es gibt wohl keine Hoffnung für unser Glück? Ich will mich nicht fügen, aber gibt es eine andere Wahl? Bitte, bitte versprich mir nur eines, mon ami, nie anders von mir zu sprechen und zu denken als an unseren glücklichen Tagen zu Leipzig.

In verzehrender Liebe,
ewig Deine, Emilia Constantia.

Leipzig, im August 1895

Ilse Bähnert wischt die Träne von der Wange und rückt sich ihr Haar zurecht. „Aber das schläächt dem Fass den Boden aus“, sagt sie leise vor sich hin. „Da hab ich den Krieg und de Mangelwirtschaft überlebt und jetzt muss ich ooch noch erfahrn, dass mei Großvater e Franzose is. Da ham mr de europäische Vereinigung innerfamilär längst vollzochen. Aber ä

Westpäckel hat der uns nie geschickt.“ Sie nimmt einen großen Schluck Bohnenkaffee aus der Meißner Tasse. „Pfui Deubel, die kalte Plärre.“ Einen Kaffee olé würde sie jetzt gern trinken. Aber bitte mit Sahne. Vielleicht sollte sie rausgehen, eine Runde drehen. Zum Bäcker Müller laufen, eine Eierschecke oder eine Bebe oder einen Sandtaler kaufen. Manchmal hilft das, wenn man irgendetwas kauft, denkt Ilse, bleibt sitzen und blickt auf den Brief in ihrer Hand. „Schang Paul, wo hatte se denn den her. Ich gloobe das is nich mehr rauszukriegen“, sagt Ilse Bähnert. Der Kühlschrank neben ihr brummt genauso wie gestern, nebenan in der Stube schlägt der Gong des Regulators. Mit über 80 Jahren ist die Uhr abgelaufen, denkt sie. Man sieht das Leben nun durch das andere Ende des Opernglases, meint auf den letzten Seiten eines Romans angekommen zu sein und das Schlusskapitel längst zu kennen. Doch plötzlich kommt alles anders, vor allem als man denkt. Wäre es nicht besser, alles bliebe so, wie es ist. Doch immer genau in dem Augenblick, wenn man meint, es könnte so bleiben wie es ist, ändert sich alles, denkt Ilse. Immer ändert sich alles. Wenn es einen Sinn gibt im Leben, dann gibt es den meist erst später. Manchmal zu spät. Manchmal nie. „Ich zermardere mir hier den Nischel über mei Leben, dabei will ich nur mei Testament schreiben“, sagt sie und muss an einen von Herberts Sprüche denken. „Das Leben sind lauter aneinandergereihte Tage, die entweder zu kurz oder zu lang sind“, sagte er manchmal, wenn ihn der Durst quälte. Ilse denkt, dass es nicht nur ums Leben geht, sondern darum, ob es auch ein Leben ist. „Die meisten wolln in de Geschichte eingehen,“ sagt sie, „aber meistens gehen sie einfach nur ein.“

Jetzt legt sie den Brief der Großmutter auf den Tisch, steht auf, schiebt den Stuhl zur Anrichte, hebt ihr rechtes Bein auf den

Sitz, zieht das Kleid ein Stück hoch, stützt sich mit dem linken Arm auf die Lehne, schiebt sich nach oben. Sie steht auf dem Stuhl, reckt ihre Arme, holt vom Schrank einen Pappkarton, auf dem „Salamander" steht. Sie klemmt die Schuhkiste unter ihren rechten Arm und steigt wieder herunter. „Meine Herrn, das Ding kommt da nich mehr hoch. Noch mal schaff ich das nicht. Ich bin ja keen junger Hüpfer mehr", sagt Ilse. Sie stellt den Karton auf den Tisch und überlegt, was sie eigentlich tun wollte. „Das wird immer schlimmer. Ich vergesse einfach, was ich will. Ich werd noch mal mein Gobb vergessen. Ach so, jetzt wees ichs widder." Sie nimmt den Deckel vom Karton. Darin liegen zusammengedrückt alte Fotos. Ganz oben das von der Hochzeit mit Herbert. „War ich e dürres Geribbe", sagt sie. „Nu, es war kurz nachm Kriech, da war ich froh, dass der mich genommen hat. Es war e guder Mann, aber nisch mei erschter. Mitn Herbert war ich nur verheiratet. Ich habs Glück erlebt, ich weeß wies is, wenns vergeht", sagt sie. „Irschende wann begreifsde, Glück is, wenns kee Unglück gibt."
Ilse Bähnert nimmt ein paar Fotos aus dem Pappkarton. Sie sieht das in Handtücher eingewickelte Ehepaar am Ostseesandstrand. Jeden Sommer waren sie drei Wochen in Heringsdorf auf Usedom. Am Ende des Urlaubs füllte Herbert ein leeres Marmeladenglas mit Sand. Denn er wollte auch im Winter an den Sommer denken, auch wenn sich jeder zweite Ostseesommer wie Winter anfühlte. Er glaubte, man bräuchte das Marmeladenglas einfach nur aufdrehen und der Sommer würde herauskommen. Die meisten Fotos sind deshalb Bilder mit Herbert und sandgefülltem Marmeladenglas. Auch zu Weihnachten musste Ilse ihn fotografieren, wie er mit seinem Ostseemarmeladensandglas in der Hand und eingekleidet in seine Feuerwehruniform vor dem geschmückten Tannenbaum

steht. Sonnabendvormittag ging Herbert in den Keller, um die Sandgläser zu zählen und zu beschriften. Die Etiketten trugen das genaue Datum des Urlaubs mit Hinweis auf die Wetterlage samt Niederschlagsmengen, Sonnenauf- und Monduntergänge. Nach seinem Tod hinterließ er Ilse eine vollständige Marmeladenostseesandglassammlung. Bis heute steht sie unversehrt im Kellerregal zwischen eingewecktem Rhabarber, Stachelbeeren und Obstwein. Doch hinter den Gläsern entdeckte Ilse kürzlich beim Aufräumen eine Holzkiste mit der Aufschrift „H. Bähnerts S-Archiv". Ilse wagte bis heute nicht hineinzusehen. Sie fürchtet, die Erinnerungen an ihren Herbert könnten getrübt werden. Allzu oft blieb er manchen Sonnabendvormittag deutlich länger im Keller, als er für die Zählung und Beschriftung der sandgefüllten Gläser gewöhnlich benötigte. Ilse ahnt, warum.

Jetzt schaut sie die Fotos des Ehepaars mit gleichen Anoraks in Rathen an. Im Herbst fuhren sie ins Elbsandsteingebirge. Ilse zieht ein paar Fotos des Ehepaars hervor, wo sie mit gleichen Pudelmützen in Waldidylle zu sehen sind. Im Winter ging es ins Erzgebirge. Auf Herberts Urlaubsplanung war Verlass. Es sind immer die gleichen Bilder. Nur Ilse wird immer dicker. „Du musst nicht weinen, wenn du auseinandergehst", sang Herbert manchmal, wenn er seinen Durst gestillt hatte und seinen Bauch streichelte. Ilse nimmt mehrere der Ehepaarfotos, steckt sie hintereinander. Wie ein Daumenkino lässt sie die Bilder über die Finger schnipsen. Herbert formt sich zum Apfel, Ilse zur Birne. „Mir warn immer voll in Form", sagt Ilse. „Manche werden zusammen alt, wir dick", sagte Herbert manchmal, wenn er auf seinen Durst anstieß. „Nach dem Krieg ham mir alles gegessen, nur um satt zu werden. Dann warn mir satt und ham alles gegessen, weil man ja nie wusste,

wies mal kommt." Später wird Ilse wieder schlank wie vor der Hochzeit. Mit 80 Jahren haben die meisten Frauen wieder das Gewicht einer 20-jährigen, denkt Ilse. Das ist die spontane Altersdiät ohne Punkteplan. In den Zeitschriften beim Frisör hat sie noch nie davon gelesen. „Seit der Herbert tot ist, bin ich gertenschlank. Is ja keener mehr da, für den ich kochen muss," sagt Ilse. „Alleene schmeckts nich. Das is wie Blechnapfimbiss in Einzelhaft oder der Fraas vom Essen off Rädern."
Sie sucht ganz unten im Karton und holt ein Briefkuvert hervor, zieht das Bild eines jungen Mannes raus. Sie lächelt. Er hat ein strenges, schmales Gesicht, kurzes, gescheiteltes Haar, Lippenbärtchen. Einen hellgrauen Anzug trägt er, Weste, Schlips, weißes Hemd, am Jackenkragen ein kleines Abzeichen. „E feiner Mann, der Ernst Adolf. Das war mei erschter", sagt Ilse. Das Foto verbarg sie all die Jahre an verschiedenen Orten. Sie wusste immer, wo es war. Denn oft am Sonnabendvormittag, wenn Herbert in den Keller ging, sah sie sich Ernst-Adolf an. Wie oft hat sie das Foto gestreichelt, denkt Ilse. Im Frühjahr 1942 lernten sie sich im Leipziger Rosenthal kennen. Es blühten Buschwindröschen und Märzenbecher. Drei Flüsse durchquerten den Wald. Er fuhr mit Schlips und Kragen auf einem Fahrrad, Marke Wanderfreund, gekauft auf Abzahlung, direkt auf sie zu. Er hielt an. Ernst Adolf sagte nichts, Ilse auch nicht. Er sah sie an. „Das müssen Stunden gewäsen sein", sagt Ilse. „Dann fracht der mich, obsch sehen will, wo er wohnt? Da hätte kee Mädel mit n Gopp geschüttelt." Sie setzte sich auf den Gepäckträger des Wanderfreundes und Adolf fuhr über drei Brücken. Hinter dem Wald lagen auf der linken Seite die Schrebergärten, auf der rechten Seite das Villenviertel. Adolf steuerte direkt auf eines der großen Häuser zu. Sie standen vor einem Zaun aus Eisen mit Jugendstilranken, spitzen Winkeln,

Rauten, Knoten und Schnörkeln, aus einem Stück geschmiedeten Irisblüten und Seerosenkelchen. „Sieh dir den Zaun an", sagte Adolf. Ilse weiß es noch genau wie sie guckte. „So e Zaun habsch nie wieder gesehen. Da fehlte keene Latte." Er nahm ihre Hand, sie gingen durch das Tor in ein Haus aus sauber gemauertem Backstein. Dann standen sie plötzlich in der Villa. „Mir stand der Mund offen, da wär jede Fliesche reingeflochen", sagt Ilse. Marmortreppen, die Wände verziert mit feinster italienischer Malerei, ein Tempel auf einer Insel im See, Pfauen und Palmen, Flamingos zwischen fantastischen Farnen und oben ein geschnitztes Rondell. „Da drüben wohnt der Blüthner", sagte Adolf damals und zeigte aus dem offenen Badfenster mit dem Finger auf eine Villa gegenüber. „Der Blüthner ist der, dem die Klavierfabrik gehört. Und dort wohnt der Kunsthändler de Silva", sagte Adolf. „Ich hab dem jedes Wort gegloobt", sagt Ilse. Dann gingen sie aus dem Badezimmer, raus durch die hintere Tür, über eine Wiese zu einem kleinen Haus am Ende des Gartens. „Hier wohne ich", sagte Adolf. Ilse wunderte sich damals kein bisschen. „Dann hat der mich geküsst, of de linke Wange. Goddel, ich war a Backfisch von 16 Jahren und verliebt wie änne Bibbie", sagt Ilse. Der Chauffeur Ernst Adolf plante die Hochzeit. Doch plötzlich musste er weg. „Jeder Stoß ein Franzos", sagte er lachend zum Abschied auf dem Hauptbahnhof aus seiner Uniform. Am Bahnsteig Nummer 11 küsste er sie. Es müssen Stunden gewesen sein. „Dann is er fort", sagt Ilse. Sie bekam Briefe aus Frankreich, später aus Italien, plötzlich aus Ägypten. Während des Afrikafeldzuges geriet Adolf in englische Gefangenschaft und schrieb: „Ich denke immer an die Tage in Leipzig und wie lieb ich dich habe." So stand es in jedem Brief. Ernst Adolf gelang die Flucht. Wie auch immer. Er arbeitete mit einem Freund

auf einer Schafsfarm in Schottland. Sie handelten mit Tabak, Schnaps und Fellen. „Wir sind reich, der Krieg ist zu Ende, ich komme nach Hause", schrieb Ernst Adolf im Juli 1945. „Den wollte ich heiraten und keen andern", sagt Ilse. „Und dann geschieht was Unfassbares." Ernst Adolf kam mit dem Schiff, seinem Freund und einem Seesack voller Reichtümer in Hamburg an. Nachts auf der Reeperbahn fehlte der Sack plötzlich. Auch der Freund war verschwunden. Ernst Adolf suchte ihn überall. Als er schon aufgeben wollte, sah er auf dem Bahnhof Sack und Freund. Der floh über die Gleise. Ernst Adolf rannte hinterher, packte den Sack, blieb einen Augenblick auf den Schienen stehen, um Luft zu holen. Da kam von hinten der Zug nach Leipzig direkt auf Ernst Adolf zu. „Der hätte sei Wort gehalten", sagt Ilse und steckt das Foto zurück in das Briefkuvert. Leise sagt sie vor sich hin: „Wenn eehm ward das Glück bescheert, so isses immer dar verkehrt, das andern zu gestehn. Man wird eehm allerhand verzeihn, nur nich das Glücklichsein. Das gann mr nur allein."
Sie holt das Foto ihres Vaters aus der Kiste, betrachtet es lange. Ihr Vater war nie der, für den sie ihn hielt. Und Mutter? Hat sie ein Bild von ihrer Mutter? „Die war also de Dochter eines Franzosen und verbrachde doch ihr ganzes Leben immer nur in Kleenparis", sagt Ilse. Dort liegt die Mutter jetzt neben ihrem Mann und Emilia Constantia von Pusch auf dem Leipziger Südfriedhof. Mehrere Fotos zeigen das Grab. Die Eltern Friedrich Oskar und Charlotte Emmi Teichmann suchten noch zu Lebzeiten mit größter Gründlichkeit ihre letzte Ruhestätte aus. Sie fanden sie gegenüber dem Glockenturm unweit eines kleinen Teiches. Dort ganz in der Nähe liegt auch Tante Lene. Am 16. Juli 1962 starb sie, einsam und vergessen von ihren Freunden. In einer Leipziger Zeitung stand zwischen den

Kleinanzeigen eine Zwei-Zeilen-Notiz. Ilse Bähnert war damals 37 Jahre alt. Mit dem Tod der Tante geht ihr das Sterben zum ersten Mal wirklich nah. Erst viel später bekommt Lene einen Grabstein, auf dem steht: „Was Sachsen sin von echtem Schlach, die sinn nich tod zu griechn." Die Zeilen stammen aus dem kleinen Gedicht „Unverwüstlich", das sie 1935 nach dem Tod von Emilia Constantia von Pusch schreibt. Ilse murmelt leise vor sich hin:

Was Sachsen sin von echtem Schlaach,
die sin nich dod zu griechn.
Drifft die ooch Gummer Daach fier Daach,
ihr froher Mut wärd siechen.
»Das gonnte noch viel schlimmer gomm'«
so feixen richtche Sachsen.
Was andre forchtbar schwär genomm',
dem fiehlnse sich gewachsen.
Un schwimm' de letzten Felle fort,
dann schwimmse mit und landen dort,
wo die emal ans Ufer dreim.
So is das un so wärds ooch bleim.

Ein Jahr später, im Mai 1936, wurde Tante Lene das erste Mal in eine Nervenklinik eingeliefert. Damals organisierte sie einen Umzug nach dem anderen, zog von Bremen nach Lübeck, später nach Flensburg, München, Hamburg, Berlin. Weil sie an Verfolgungswahn litt, lebte sie ab 1945 bis zum bitteren Ende in der Heilanstalt in Leipzig-Dösen. Lene selbst nannte sich in einem Brief an Ilses Mutter einen harmlosen Fall. Sie hätte die Klinik verlassen können, aber bat, bleiben zu dürfen, weil sie sich in der Welt da draußen nicht mehr zurechtfand.

So arbeitete sie in der Buchhaltung des Krankenhauses. Ilse bereut, Lene niemals in der Anstalt besucht zu haben. Es gab nie einen Abschied. „Dor Dod gommt immer of leisen Sohln", sagt Ilse. Auch wenn man weiß, dass ein Mensch todkrank ist, hofft doch jeder, es werde weitergehen. Aber irgendwann geht es nicht mehr. Damals beginnt Ilse die Todesanzeigen in der Zeitung zu lesen. Eine Zeit lang ist das der einzige Grund, warum sie überhaupt eine Zeitung liest. Denn je älter man wird, desto schneller sterben die Menschen, denkt Ilse. Irgendwann steht man alleine da und weiß, dass man die Zeitung abbestellen kann. „Man muss sparen, wo man kann, schließlich ist nicht mal der Tod umsonst, denn er kostet das Leben", sagte Herbert manchmal, als er trank, auch wenn er keinen Durst mehr hatte.

Die Tante: Lene hat für Ilse Gedichte geschrieben. 1962 stirbt die Leipziger Dichterin.

Ilse erinnert sich an ihre Spaziergänge zum Familiengrab auf dem Südfriedhof. Manchmal zog sie heimlich Schuhe und Strümpfe aus, ging barfuß über die Wiese. „So barrbs´sch spürs de de Natur ganz puur", sagt sie. Eines der Fotos zeigt einen riesigen Baum. Ilse hört die Blätter rauschen. Das Wasser des kleinen Teiches plätschert gegen das Schilf. Alte Frauen sitzen auf Bänken oder laufen mit Gießkannen über die leise knirschenden Wege. „Da is alles so ge-

fleecht", sagt Ilse. „Ob ich e ma in Leipzsch gegenüber der Märchenwiese liechen will? Da kümmert sich doch keener um de Blumen. Wie das aussieht, wenn alles vergammelt", sagt sie. „Vielleicht such ich mir lieber e Grab woanders. Ich will an dorr Elbe liegen." Dresden-Löbtau hat auch seine Vorzüge, denkt Ilse. „Hier kenn ich ooch den Friedhofsverwalter. E netter junger Mann! Wenn der sich für en kleen Obulus kümmern täte um mich und de Stiefmütterchen, wäre das nich das Schlechtste. Überleebn wird der mich ja hoffentlich," sagt Ilse. „Bei de jungen Leute heutzutache kann mer sich ja nich sicher sein, ob die überhaupt leben wolln. Es gibt ja kaum noch junge Leute. In meim Haus in Tolkewitz wohn nur noch Alte."
Ilse greift ganz nach unten in den Schuhkarton und holt eine Postkarte mit dem Bild eines Eichhörnchens hervor. Das hockt neben einer Bank. Sie würde jetzt gern zwischen den alten Gräbern auf dem Südfriedhof spazieren gehen. Heute geben sich die Leute kaum noch Mühe mit den Grabsteinen, denkt Ilse. „Früher ham sich de toten Menschen noch Denkmale gesetzt, ganze Pavillione ham die sich gebaut. Man muss es ja nich übertreiben, aber so e mikrischen Steen, der off der Erde rumliecht, kommt mir nich ins Haus." Ihr Grabstein sollte zwischen alten Bäumen stehen. Ab und zu müsste ein Eichhörnchen von da oben zu ihr herunterklettern. Auf dem Südfriedhof fütterte sie immer die Tierchen mit Nüssen. Ganz nah kamen die heran. Genau so, wie es damals die Mutter erlebte.
Das war 1933. Irgendein Mutschmann feierte sich gerade als neuer sächsischer Reichsstatthalter, die Großmutter war Tage zuvor beerdigt worden, da lief auf dem Südfriedhof ein Eichhörnchen über die Wiese. Es kam näher, ganz nah, legte einen Ring auf den leise knirschenden Weg. Es war ein uralter goldener Ring mit einem Brillanten. Die Mutter hob ihn auf, sah

sich um, rief, ob den Ring einer verloren hätte. Keiner meldete sich. Charlotte Emmi Teichmann steckte das Goldstück in ihre Manteltasche, setzte sich auf ihr Fahrrad und fuhr mit gewaltigem Antritt zum Goldschmied in Richtung Brühl. Dort waren die feinsten Leipziger Geschäfte. Hier war der König Kunde. Karakul, Allalemdjian, Ewdos, Sandaldjian, Siskos, Kalambuka, Chajutin, Geduhn, Blüka ... die Mutter kannte alle Namen und konnte sie aufsagen wie ein Gedicht. Naftule Dodeles, Simon Olomuszky, Michael Lehrfreund, Wachtel & Eskreis, Bleiweiß, Rotzaig, Rosenblüth, Grünblatt, Weinzweig. „Später hatten mir nur noch den Samen-Görner, Waffen-Moritz und Gummi-Klose. Aber damals, das warn feine Leute mit dickem Fell", sagt Ilse. Als Mädchen fantasierte sie sich mit den alten Namen Märchen aus tausend und einer Nacht zusammen. Die Namen gehörten Rauchwarenhändlern, die niemals eigenhändig Tiger oder Iltis erlegten, aber weltweit damit handelten. Bis hinein in die Nikolaistraße reihte sich ein Pelzladen an den anderen. Sächsisch wurde hier nur selten gesprochen.
In einem der Geschäfte gab es keine Pelze. Der Laden gehörte David Rosenfeld, ein Goldschmied ganz nach dem Geschmack der Mutter. Sie zeigte ihm den Ring. 7000 Reichsmark, sagte Rosenfeld, würde das Goldstück bringen. Die Mutter schnappte nach Luft, verlangte nach Wasser, nahm ihr Taschentuch, um sich die Tränen von der Wange zu tupfen. Dann rief sie: „Ein Königreich für ein Eichhörnchen!" Seit dem Tag schwärmte die Mutter ihr Leben lang von den Goldenen Dreißigern. Das sagte sie auch in den 50er-Jahren und riskierte damit Kopf und Kragen. An diesem Tag aber, als das Eichhörnchen das große Glück brachte, war sie selig. Sie entschloss sich, den Ring zu verkaufen. Endlich hätte sie genug Geld, um sich ihre Wünsche zu erfüllen, ohne irgendjemanden fragen zu müs-

sen. Aber der Goldschmied konnte den Ring nicht bezahlen. 7000 Reichsmark, sagte David Rosenfeld, habe er nicht in seiner Kasse. Anfang der 20er-Jahre sei er reich gewesen, erzählte er. Aber jetzt, wo keiner mehr bei ihm kaufen würde, reiche das Geld nicht mehr. Sie solle den Ring als Pfand für schlechte Zeiten aufbewahren, riet der Goldschmied. „Kann es denn schlechter werden?", fragte die Mutter. „Immer wenn der Mensch meint, es kann nicht schlechter kommen, irrt er sich. Es geschieht nicht lautlos, aber keiner wird hellhörig. Es ist zu sehen, aber keiner sieht hin. Es ist zu merken, aber keiner will es bemerken. Es geschieht immer wieder und man lässt es wieder geschehen", sagte David Rosenfeld, ohne zu wissen, dass sich der Schatten, der sich schon damals auf sein Geschäft legte, über die ganze Stadt, über das ganze Land ausbreiten sollte. Die Mutter stieg auf ihr Fahrrad und fuhr langsam zur Märchenwiese. Dort versteckte sie den Ring, gab ihn kurz vor ihrem Tod Ilse. „Das ist unser Rettungsring", sagte die Mutter. Ilse nahm den Familienschatz, bewahrte ihn in der Zuckerdose in der Anrichte auf. 1973, kurz nach Walter Ulbrichts Tod, verkaufte sie den Ring, weil sie Gold für ihre Zähne brauchte. „Bähnerts Ringparabel", sagt Ilse. „Möchte ma wissen, warum mir gerade jetzt diese Goldgeschichte einfällt." Sie sitzt noch immer am Küchentisch, hat ein Foto ihrer Mutter gefunden, legt es neben das Büttenpapier mit dem ersten Satz ihres Testaments. „Ich, Ilse Marie Bähnert, geboren am 13. August 1925 in Marienbrunn an der Märchenwiese im Rumpelstilzchenweg Nummer 7, verfüge hiermit ..." Irgendetwas muss man der Nachwelt hinterlassen, denkt Ilse. Wozu sollte man sonst ein Testament schreiben? „Mutter hat keens geschrieben, nich ma e Brief hat die hinterlassen. Die war mit sich und Gott und der Welt im Reinen." Doch wenn Gott Charlotte Emmi Teichmann gekannt hätte, hätte er ein Testament verlangt, denkt Ilse. Und er wäre nie auf die Idee gekommen, das Gebot zu erlassen: „Du sollst deinen Vater und deine Mutter ehren, auf dass es dir wohl ergehe und du lange lebest auf Erden“. Nein, er hätte spontan untersagt, dass hinter sächsischen Kleinstadtfassaden die Disziplin zum obersten Gebot deutscher Erziehung erhoben wird, denkt Ilse. „Es bleibt e bittrer Geschmack of dr Zunge, wensch daran zurückdenke!“

Das Mutterglück

Folge 4

Die Mutter sagte: „Habsch das grad richtsch gesehn? Habsch das grad ... Gomm soford her", sagte die Mutter. Ilse Marie rannte an ihr vorbei, aus der Küche raus, rechts um die Ecke ins Klo, schloss die Tür von innen zu. „Acht oder neun muss ich da gewesen sein", glaubt Ilse Bähnert sich zu erinnern. „So änne Frechheet. Gomm sofort raus, du kleenes Aaß und entschuldsche dich. Gomm sofort da raus, du Göhre, sonst bassiert ä Unglick", sagte die Mutter und atmete tief durch. Ilse Marie leckte ihren rechten Zeigefinger ab, schluckte den letzten Rest des Pflaumenmuses herunter, den sie in der Küche aus einem Glas stibitzt hatte. „Bass du nur off mit deiner Süßichkeetensucht. Du elender Nassauer, bass du nur off, dass ich dir geene lange", schrie die Mutter und trat mit dem Fuß gegen die Tür. Das Holz splitterte und Ilse sah den Fuß ihrer Mutter in der Klotür stecken.

Plötzlich rief die Großmutter vom Dachboden: „Charlotte Emmi, Liebes, bringst du mir bitte eine Tasse von dem Wermuttee hoch, ich habe so furchtbare Magenschmerzen." „Jaaa", rief die Mutter zurück, zog ihren Fuß aus der Tür und sagte plötzlich ganz leise zu Ilse Marie, die auf dem Klodeckel hockte: „Da haste noch e mal tüchtsches Schwein gehabt, du verdammte Rotzgiege. Noch a ma gomms de mir nich durch mit deiner Nascherei. Selbst zum Feierahmd mussde ehn nerven. Heute gehst du keenen Schritt vor de Tür. Stuwenarest!" Emmi Teichmann hob die Hand, drehte sich um, ging zum Herd, um das Wasser für den Tee zu erhitzen. Sie fluchte vor sich hin: „Luder, Gägge, Schmooche, Gangkr." Sie besaß einen unerschöpflichen Vorrat an Schimpfwörtern. Wenn sie bei Gangkr anlangte, war es besonders schlimm. Sie ertrug es nicht, wenn irgendwer ihren festgelegten Tagesablauf auch nur um eine Sekunde verfehlte. Wer es tat, musste mit Höchststrafen rechnen,

denkt Ilse. Die Urteile waren gnadenlos. Jeder musste sich an das mütterliche Regelwerk aus Pflichten und Verboten halten, schließlich war sie es, die alles organisierte. Sie tat es pflichtversessen, scheinbar tadellos, aber auf die ihr eigene logische Art und Weise. Eines ihrer unumstößlichen Gesetze lautete: Das Naschen von Pflaumenmus ist strengstens verboten.
Ein zweites Gesetz hieß: Wer zu spät kommt, den bestraft die Mutter. Denn sie lebte Pünktlichkeit. Emmi Teichmann stand jeden Tag um sechs Uhr auf, ging nach der Morgentoilette in die Küche, bereitete das Frühstück für den Vater, die Großmutter und Ilse zu. Sie verzehrte eine Scheibe Schwarzbrot mit Pflaumenmus, trank ein Glas schwarzen Tee, erinnert sich Ilse. Sechs Uhr und 15 Minuten lief die Mutter mit dem Hader und einem Eimer voll kaltem Wasser durch das Haus, wischte durch. Sechs Uhr und dreißig Minuten öffnete sie alle Fenster, um zu lüften, dabei weckte sie den Vater, dann das Kind. Die Mutter überwachte die Morgentoilette von Ilse und Friedrich Oskar. Denn ein drittes Gesetz stand geschrieben: Morgens wird sich kalt gewaschen, wer Wasser verschwendet oder andere dazu ermuntert, muss raus zur Wassertonne in den Garten. Dieses Gesetz galt zu jeder Jahreszeit. Inzwischen war es sechs Uhr und 45 Minuten. Die Mutter schloss alle Fenster, brachte der Großmutter das Frühstück auf ihr Zimmer. Sechs Uhr und 50 Minuten ging der Vater in den Keller, um zu heizen. Die Mutter kämmte Ilse das Haar, flocht ihr zwei Zöpfe, oft so eng, dass Ilse Marie die Kopfhaut schmerzte. Punkt sieben Uhr verließ die Mutter das Haus, fuhr in die Leipziger Innenstadt. Auf dem Augustusplatz arbeitete sie in der Papierwarenhandlung „Sieler & Vogel“. Pünktlich 15 Uhr war sie zurück. Ilse hatte sich die Haare neu geflochten.
Als die Mutter an jenem Freitagnachmittag im September 1934

den Wermuttee der Großmutter nach oben brachte, öffnete Ilse Marie leise die Klotür, trat über die Schwelle, warf einen kurzen Blick zur Treppe, dann auf die Fensterladenkurbeln, drückte sich an der Wand lang zum Ausgang. Dort stand der Vater. Er kam von draußen aus dem Garten. Er hatte die Rosen verschnitten. Er schnitt immer genau jene Blüten, Stängel und Äste ab, die ihm die Mutter zuvor zeigte. Keinen einzigen mehr und keinen einzigen weniger. Er kannte die Gesetze. Friedrich Oskar Teichmann war ein Mann mittlerer Größe, hatte lichtes hellbraunes Haar, abstehende Ohren. So sieht Ilse ihn noch heute. Er trug eine kleine silberne Brille, ein kariertes Hemd, graue Strickjacke, braune Manchesterhosen und Holzpantinen.
Von Rosen wusste er nicht viel. Seine Leidenschaft gehörte der klassischen Musik. Er liebte Beethovens Neunte und Mahlers Untergangssinfonie. Ilse kennt bis heute jede Platte: Mozarts G-Moll-Sinfonie, Johann Straußens Perpetuum Mobile, die Operette „Der Fidele Bauer" und zu Weihnachten hörten sie der Evangelimann: Seelig sind die, die Verfolgung leiden. Manchmal nachts hörte Ilse Marie seine tragischen Jauchzer, denn der Vater stand am Grammofon. In der rechten Hand einen dünnen Holzstab, stocherte er in der Luft wie ein Blinder im Nebel, strich sich mit der Linken eine dünne Strähne von der Stirn, zerzauste sein Haupthaar. Im Spiegelbild des Fensterglases beobachtete er seine Gesten, die krause Stirn, die düsteren Augen, denkt Ilse. Am Ende verbeugte er sich minutenlang, nickte, faltete die Hände zum Gruß, ging aus dem Zimmer, lief wieder hinein, verbeugte sich erneut. Sonst tat er zu Hause nur, was ihm die Mutter sagte. Meistens war er nicht zu Hause, sondern bei seinem Orchester im Gewandhaus oder mit den Musikern in der Welt unterwegs. Weit weg

von der Märchenwiese, denkt Ilse. Friedrich Oskar Teichmann arbeitete als Notenwart, musste stets vor allen anderen im Konzertsaal sein, verließ seinen Musentempel erst, wenn alle Instrumente an ihren vorgesehenen Orten untergebracht waren. Manchmal nahm er sein Mädchen mit, zeigte ihm, wo die Musiker saßen, wo die Solisten standen, wo sich der Dirigent postierte.
Einmal durfte Ilse Marie auf das Podest, begann mit den Armen hin und her zu wedeln. Sie zeigte auf die Geigen, dann zur Pauke, wartete auf den Einsatz der Hörner und schimpfte mit dem Bass, weil der ihrem Takt nicht folgte. Sie sprang hin und her, drehte sich so im Kreis, dass ihr Kleid hoch flog. Da applaudierten die Musiker, die gerade zur Probe kamen. Als sich Ilse Marie vor Begeisterung im vollen Wirbel drehte, fiel sie vom Pult. Zum Glück fing sie ein Mann mit beiden Armen auf. „Bravo, bravo", sagte er. „Ich erlaube mir, Sie zu retten, junge Dame. Mein Name ist Bruno Walter." Der Vater kam angerannt, verbeugte sich, nahm Ilse an die Hand, zog sie hinter die Bühne, sagte: „Das war dr Kapellmeister, meine Gleene. Der heest eichendlich Schlesinger, hadn Hindernahm aber einfach weggelassen und is nu der Bruno Walter. Seit Neunzwanzsch is der hier, lässt manchmal so modernes Zeuch spielen. Aber sonsd is das e ganz bassabler Günsdler, meine Gleene. Da hasde grad düchtsches Glick gehabt." Viel später erfährt Ilse, dass der Gewandhauskapellmeister Bruno Walter 1933 aus Leipzig emigrieren musste. Ihr Vater Friedrich Oskar Teichmann blieb.
Damals im Haus an der Märchenwiese legte der Vater die Gartenschere auf die Kommode im Flur. Er schaute seine Tochter, die plötzlich vor seinen Beinen stand, überrascht an. „Weeß Knöppchen, Mädel, hasde mich erschreggt! Wo willsde denn

hin, meine Gleene", fragte er, putzte sich die Schuhe mit einem Lappen ab. Sie wollte raus. „Nu glar, mei Kind, immer mache naus. De frische Luft wird dir gut tun." Er sagte ihr oft, dass sie an die frische Luft gehen solle. Was sie da tun sollte, sagte er nie. Diesmal wusste sie es. Ilse Marie rannte los, bevor der Vater die Mutter treffen konnte. Sie lief den Rumpelstilzchenweg hinunter, grüßte am Fleischerladen die dicke Frau, die immer Würstchen aß. Beim Friseur an der Ecke blieb Ilse Marie stehen. Sie wartete, bis sich die Ladentür öffnete und der nach oben gebogene Nagel die Glocke in Bewegung setzte. Genau über der Glocke hinter dem Fenster in der ersten Etage wohnte ihre Freundin Liesbeth. Sie war die Tochter des Friseurs, trug aber struppeliges Haar, als sei sie das Kind des Kohlenhändlers. Außerdem hatte sie einen Sprachfehler. Oft war es ein einfaches Lispeln, manchmal war es völlig anders. Gelegentlich war es nicht mehr zu hören. Aufregung verschlimmerte es. Ilse Marie wollte mit ihr zur Marienquelle gehen. Auf dem Weg dahin zeichneten sie mit Kreide Herzen und Pfeile an Mauern und Zäune. Dies sei ihr Tagebuch, flüsterten sich die Mädchen kichernd zu. „Ich spiele heute de Maria", sagte Liesbeth dann. Großmutter hatte Ilse Marie erzählt, dass Maria eine Pilgerin gewesen sei, die vor 500 Jahren mit Leprakranken auf den Leipziger Thonberg kam. Sie betete lange und plötzlich sprudelte eine Quelle aus dem Boden. Die Pilgerin nahm einen Kelch aus ihrem Gewand und gab den Kranken zu trinken. Die genasen wieder. Noch während das Wunder geschah, ritt Maria auf einem weißen Reh davon und ward nie wieder gesehen. Das Wasser aber sprudelte weiter und war so gesund, dass die Leipziger in Scharen kamen, um von dem Brunnen zu trinken. Ab 1900 floss kein Tropfen mehr, weil man rundum Straßen und Häuser baute. Für Ilse und ihre Freundinnen spiel-

te das damals keine Rolle. Sie schöpften spielend literweise das eingebildete heilige Nass aus der Quelle. Denn noch immer gab es einen in Naturstein gefassten offenen Eingang. Dort schlüpften die Mädchen hinein, versteckten sich oder setzten sich daneben unter einen Baum und waren eine glückliche Familie. An diesem Freitag war Liesbeth nicht da. Wäre sie zu Hause gewesen, hätte jener Nachmittag sicher anders geendet, denkt Ilse.
So lief sie drei Häuser weiter. Es war ein feuchtwarmer Nachmittag im spätsommerlichen Marienbrunnen. Rote Fahnen mit schwarzen Balkenhaken auf einem weißen Kreis wehten am Straßenrand im aufkommenden Wind. Ein paar Jungen spielten mit einer Blechbüchse Fußball. Einer schielte zu Ilse herüber, pfiff ihr hinterher. Sie tippte mit ihrem rechten Zeigefinger, unter dessen Nagel ein Rest des Pflaumenmuses klebte, auf ihre Stirn. Dann klingelte sie an der Haustür. Hier wohnte Trudel, die eigentlich Gertrud hieß. Sie war ein freundliches, blitzschnell denkendes Mädchen, trug knielange Röcke mit Hosenträgern und eine viel zu große Stoffmütze. Vorn am Saum baumelte ein roter Stern. Trudel hatte sich angewöhnt, ihren Kopf nach hinten zu kippen, vielleicht um die Mütze vor dem sicheren Absturz zu bewahren. Aus diesem Grund und weil sie größer war als ihre Freundinnen, blickte jeder, der sie ansah, in ihre weiten Nasenlöcher. In ihrem Zimmer hing ein Plakat, das ihr Vater angebracht hatte. Auf dem Bild war vorn das große Gesicht eines Mannes mit Glatze, weißem Hemd und schwarzem Jackett zu sehen, dahinter hunderte Menschen. Darunter stand in gedruckten Buchstaben: „Ihr alle Zertretnen, Betrognen, Beraubten, verhindert, dass sie in feiger Wut den Genossen von eurem Fleisch und Blut, den Tapfersten eurer Klasse enthaupten! Verjagt sie mit eurem lebendigen

Mut." Als Ilse fragte, wer der Glatzenmann sei, wurde Trudel ernst und sagte feierlich: „Das is Teddy, unser aller Arbederführer." Ilse verstand Bahnhof. „Das is der Ernst Thälmann, gennst de den denne nich?" Liesbeth sagte: „Stimmt, ganz sicher, der Zählmann aus Hamburg." Ilse kannte den Glatzenmann nicht, fand Trudel trotzdem nett, wollte mit ihr zur Marienquelle. Die Freundinnen gingen sonst überall zu dritt hin. Auch aufs Klosett in der Schule. Erst am Morgen holte dort Trudel aus ihrer Tasche Parfüm, das sie aus dem Toilettenschrank ihres Vaters gestohlen hatte. Die Mädchen kippten sich ein paar Tropfen auf ihre Handrücken. Noch jetzt konnte Ilse den beißenden Duft riechen. Aber Trudel war an diesem Nachmittag nicht zu Hause. Sie hätte wissen müssen, dass Ilse Marie sie an diesem Freitag brauchte.

Ilse dachte ans Umkehren, aber dann fielen ihr noch Hanni und Hedwig ein. Die fünf Freundinnen nannten sich die „Deubelsweiber vom Marienbrunn". Hedwig führte sie an. Seit ihrem elften Lebensjahr rauchte sie, verabscheute Essen, ernährte sich ausschließlich von Wasser und Spiegeleiern. Sie hatte ein schlohweißes Gesicht, rot unterlaufene Augen und pechschwarzes Haar. Einmal im Monat brach sie zusammen, blieb wochenlang im Bett, um sich zu erholen, aber vor allem, um die Schule zu schwänzen, um an ihren endlosen Geschichten zu schreiben, und um die abscheulichsten Streiche zu ersinnen. Einmal sammelte sie hunderte winzige Frösche und ließ sie vor der ersten Schulstunde in der Turnhalle frei, so dass die noch verschlafenen Schüler bei den morgendlichen Turnübungen prompt sämtliche Tiere zertraten und der Parkettboden wochenlang erbärmlich stank. Einmal füllte sie ein Präservativ mit Eiweiß, um es über die Klinke der Tür des Direktors zu hängen und in gebührlichem Abstand mit den

Freundinnen die Wutausbrüche des streng katholischen Mannes zu beobachten. Hedwig soll es auch gewesen sein, die mitten im Winter einem kleinen hinkenden Mädchen auf dem Klosett in der Schule eine Schüssel Spucke über den Kopf schüttete, um ihr besser die Haare abrasieren zu können. Die Pelzmütze des Mädchens durchweichte Hedwig mit Wasser, stellte sie in die klirrende Kälte und rief: „Ich seh, ich seh, was du nicht siehst und das sieht eiskalt aus." Aber bewiesen ist das nicht. Ilse glaubt bis heute nicht daran, denn Hedwig kümmerte sich liebevoll um Hanni. Die schwitzte und keuchte stets, weil sie dick war wie ein eingewickeltes Eskimokind. Nur Hanni war nicht eingewickelt, sondern trug stets dünne Blusen und so konnte ihr Schweiß ungehindert seinen Duft verbreiten. Ilse Marie hätte in diesem Augenblick alles ertragen, wenn nur eine ihrer Freundinnen mit ihr zur Marienquelle gegangen wäre. Aber weder Liesbeth noch Trudel, Hanni oder Hedwig waren da und so ging sie allein. Sie kroch in den offenen Eingang des Brunnens, setzte sich auf die Treppe, lehnte sich an die Mauer, dachte an ihre Mutter und den Vater. Dann schlief sie ein.

Als Ilse Marie erwachte, war es dunkel. Sie glaubte irgendwo eine Stimme zu hören, die ihren Namen rief. Ihr wurde schwindlig. Wie viele Stunden mochte sie an der Quelle gesessen haben? Eines der Mutter-Gesetze lautete, dass sie Punkt sechs Uhr zu Hause zu sein hatte. Jetzt hörte Ilse Marie von fern Kirchenglocken. Neun Schläge. Sie rannte über die Wiese, rannte an den Häusern ihrer Freundinnen vorbei, vorbei am Friseurladen, vorbei an den roten Fahnen mit den schwarzen Balkenhaken rannte sie, vorbei am Fleischerladen, vor dem niemand mehr stand. Als sie am Gartentor Rumpelstilzchenweg Nummer 7 angekommen war, fühlte sie ihr Herz bis zum

Hals schlagen. Im ganzen Haus brannte Licht. Ilse Marie sah durch das Fenster. Die Mutter lief im Herrenzimmer auf und ab. Die Großmutter war vom Dachboden gekommen, saß auf dem Sofa. Hedwig und Trudel standen neben ihr. Der Vater kam herein, zuckte mit den Schultern.
Ilse ging zur Eingangstür, öffnete, blickte auf die Fensterladenkurbeln, schob sich an der Wand lang zur Treppe. Da kam die Mutter aus dem Herrenzimmer, umarmte Ilse einen kurzen langen Augenblick, ließ sie los, wischte sich mit der Hand über die Augen und schrie: „Da bisde ja, du verdammder Gangkr!" Ilse Marie lief zur Großmutter. Die nahm sie auf den Schoß. Der Vater lächelte ihr zu. Er sagte: „Weeß Knöppchen, Mädel, hast du uns erschreggt." Charlotte Emmi Teichmann atmete schwer. Sie sagte: „Habsch das grad richtsch gehörd: Erschreggt? Hast uns erschreggt? Das verdammte Aas is abgehaun, abgehaun is die vor ihrn eeschnen Eldern!" Der Vater ging einen Schritt auf die Mutter zu, sagte. „Ächa, Muddel, ich habs ihr doch erloobd." Die Mutter schickte Hedwig und Trudel nach Hause, brachte sie zur Tür. Als sie wieder ins Herrenzimmer kam, war ihr Gesicht rot angelaufen. Sie blieb vor dem Vater stehen, sagte: „Was has du da grad gesachd? Du has dr Ilse erloobd, dass sie vor ihrn eeschnen Eldern abhaun gann? Du, du has dr Ilse gar nischde zu erlooben! Du nich. Du nich! Du bisd ja nich ma dr Vater."
Friedrich Oskar Teichmann ging aus dem Zimmer, nahm seine Strickjacke von der Garderobe, zog sie langsam an. Er knöpfte jeden einzelnen Knopf zu, als käme es gerade jetzt darauf an, keinen einzigen der sechs Knöpfe zu vergessen. Er nahm die Gartenschere von der Kommode im Flur und verließ das Haus.
Ilse Marie starrte zum Ausgang. Plötzlich hörte sie ein Schluchzen. Die Mutter kniete auf dem Fußboden, ihr Rücken war

über die Knie der Großmutter gebeugt, der Kopf lag auf den verschränkten Armen im Schoß der alten Frau. Die Mutter war es, die schluchzte. „Nun sag es ihr schon", hörte Ilse Marie die Großmutter sagen. „Ich gann nich", sagte die Mutter und heulte. Ilse hatte nie wieder gesehen, wie ihre Mutter so jämmerlich heulte. „E Häufchen Unglick", sagte sie später. „Jetzt sprich mit ihr", hörte Ilse Marie die Großmutter. Die Mutter schaute kurz hoch, senkte den Kopf wieder und heulte weiter. Ihr Körper zitterte. Ilse sah sie an, dann sah sie zur Tür, stand auf und ging wie Friedrich Oskar Teichmann durch die Haustür in den Garten. Der Vater stand mit der Gartenschere vor einem Rosenstrauch voller roter Blüten und schnitt eine nach der anderen ab. „Weeß Knöppchen, Mädel, habsch dich erschreggt?", fragte er. Ilse schüttelte den Kopf. Er schnitt weiter eine rote Blüte nach der anderen ab. Ilse lief zurück zur Haustür, dort hörte sie die Großmutter sagen: „Geh ihr hinterher und sag endlich die Wahrheit, sie hat sie verdient." Die Mutter schrie: „Soll ich ihr sagen, dass ich ihn nie geliebt habe?" Ilse rannte wieder in den Garten, sah überall rote Blüten auf dem Weg verstreut, sah aus der Erde ausgerissene Rosensträucher auf der Wiese liegen. Den Vater sah sie nicht. Ilse Marie lief auf die Straße, vorbei am Fleischer, vorbei am Friseur. Da plötzlich sah sie den Vater. Sie wollte rufen, tat es aber nicht, blieb dicht hinter ihm, folgte heimlich seinen Schritten. Oskar Teichmann lief am Völkerschlachtdenkmal vorbei bis zur Marienhöhe in die Güldengossaer Straße. Vor einer Villa blieb er stehen, schaute nach rechts, dann nach links, ging hinein, schloss hinter sich eine dicke Eichentür. Aus dem Haus strahlte kein Licht, die Fenster waren schwarz. Der Vater war verschwunden wie die Kinder aus der Geschichte vom Rattenfänger.

Ilse lief zurück zum Rumpelstilzchenweg Nummer 7. Als sie

ankam, sammelte die Mutter im Garten die Rosenblüten auf. „Ist er in dieses Haus gegangen?“, fragte sie. Ilse nickte. „Da geht er immer hin, wenn er seine Männer treffen will.“ Ilse sagte nichts, ging in ihr Zimmer, legte sich aufs Bett. Sie starrte an die Decke, kaute an ihren Fingernägeln. Plötzlich stand die Mutter im Zimmer. Sie setzte sich auf den Rand des Bettes. „Natürlich ist er dein Vater“, sagte sie. „Und das bleibt so, ooch wenn er de ganzen Rosen abgeschnibbeld had, dr Hornochse. Aber da gab es eben noch een andern. Ene kurze Liaison wie mr so sacht. E eenzches Mal habsch mich hingegeben vor neun Jahrn. Dann wars de eben da. Ich habn nicht geliebt, nee. Das mussde mir glooben. Aber der war so höflich, so scharmand, da habsch nisch andersch gegonnt in dem Ochenblick.“ Die Mutter erzählte Ilse, wie der Mann jeden Tag in den Papierwarenladen kam, wie er sie einlud ins Café. „Der war Verkäufer in der Herrenabdeilung aus dem Kaufhaus gleich nebendan.“ Ihr habe er gesagt, dass er der letzte russische Kammerherr des Königs gewesen sei. Geflohen wäre er aus dem Dresdner Schloss, als Friedrich August 1918 abdankte. Als sie schwanger war, soll er nach Paris verschwunden sein. „Als du ein Jahr ald warst, habsch dein Vater kennengelernt. Der had bei mir immer de Nodenblädder

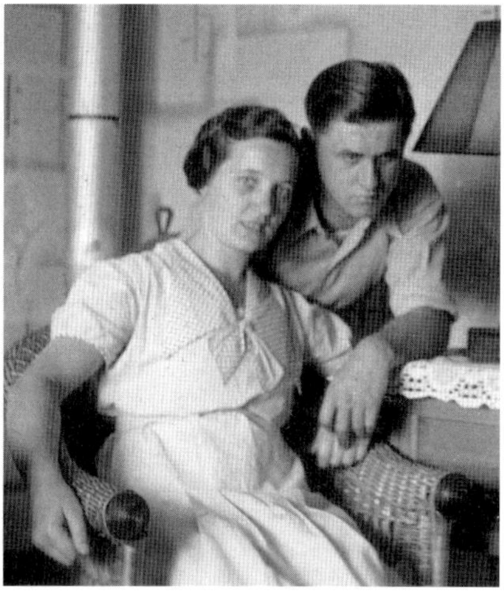

Die Eltern: Der Vater zerschnitt die Rosen, die Mutter hatte eine kurze Liaison.

gegooft für seine Musiganden. Geheiraded hammer in Grimma, weil dorde das Glosder Nimbschen is, wo de Kadherina von Bora Nonne war. Die gannsch so gud leiden. Später war die de Frau von dem Luther, der die Thesen angenacheld had. Na, vielleichd is der Gammerherr ja och widder zum Gönig. Weeß Godd, wo der sich rumdreibt", sagte die Mutter. Aber das hörte Ilse nicht. Sie schlief.

Am nächsten Morgen weckte Charlotte Emmi Teichmann niemanden im Haus. Am Tisch in der Küche saß der Vater, schmierte Pflaumenmusbrote und kochte Wasser für den Tee. Er brachte der Großmutter das Frühstück. Er ging zu Ilse ins Zimmer, sagte: „Weeß Knöppchen, Mädel, steh auf, ich will dir was zeichen." Ilse Marie zog sich an, ging in die Küche, fragte, ob sie ein Brot mit Pflaumenmus bekommen dürfe, aß. Sie hätte gern gewusst, wo der Vater die Nacht verbracht hatte, aber traute sich nicht zu fragen. „Soll ich dir e Geheimnis verraten, meine Gleene?", fragte der Vater. Ilse nickte. Vater und Tochter zogen ihre Jacken an, verließen gemeinsam das Haus. Zehn Minuten später waren sie in der Nähe der Marienquelle, standen vor einem roten Granitblock mit einem steinernen Kissen obenauf. Darauf lagen, ebenfalls in Stein gehauen, ein Stück eingerollte Karte, Degen, Fernrohr und ein Dreispitz mit Kokarde. „Das ist der Napoleonstein", sagte der Vater. „Hier war früher de Quandtsche Tabaksmühle. Die wurde völlisch zerstörd, meine Gleene. Aber hier gehds nisch um de Quandentheorie von Omas Latschen. Nee, dr Steen erinnerd daran, dass hier auf dem Hüchel von Brobstheida dr Naboleon, dr große französche Kaiser, seine lezde Schlacht geschlachen had. Und da hinden, das is das Völgerschlachtdengmal. Dr Naboleon, meine Gleene, war aber nisch nur e Feldherr, ächa. Jetze gommds: der war och e Freimaurer. Der gehörd zu unserm Geheimbund. Und das Dengmal von der Völgerschlacht is nisch nur da, weil hier de Sachsen verlorn ham, sondern es is dr Tempel des Grals." Ilse Marie sah ihren Vater mit staundenden Augen an. „Das is ab jeze unser Geheimnis", sagte der Vater. Während sie dem riesigen Steindenkmal immer näher kamen, erzählte der Vater von der Loge Balduin zur Linde und von Apollo. Als sie an dem langgezogenen Wasserbecken entlang liefen, wollte er wissen, ob Ilse den Baumeister Clemens Thieme kenne. Er sei ebenfalls einer seiner Brüder, ein Patriot, der den Weg der Erkenntnis nach dem Vorbild ägyptischer Tempel bis zum Schlussstein gebaut habe. Ilse Marie lief ihrem Vater hinterher, der ging die Stufen vom Becken zum ersten Plateau nach oben, zählte bedeutungsvoll bis 26, sprach von den Adleraugen in den Gesichtern der Statuen, er sprach von der Überwindung des Todes, vom Licht des Ostens.

Dann stieg er eine endlose Treppe weiter hoch. Ilse Marie sah wie die Augen des Vaters strahlten. Er schob eine schwere Stahltür auf, über der in fetten Lettern „Ruhmeshalle" stand. Hinter der Tür öffnete sich ein düsterer Raum so groß wie die Thomaskirche. Links und rechts entdeckte Ilse Marie Riesen aus Stein. Einer der Steinriesen hielt zwischen seinen Beinen ein totes Mädchen. „Das is de Opferbereidschaft", sagte der Vater, legte seine Hände auf Ilses Kopf, schaute nach oben und rief: „Niemand kommt zum Vater denn durch mich." Die Worte hallten mehrfach wider. Ilse schaute in die blinden Augen des toten Steinkindes. Friedrich Oskar Teichmann lächelte Ilse Marie erwartungsvoll an. Aber da sie kein Wort sprach, sondern nur ernst seinen Blick erwiderte, sagt er: „Also, meine Gleene, wir sollten mal ernsdhaft mitenander reden, damit de endlich begreifsd woroffs im Leben ankommt." Eine Weile sagte er nichts, dann: „Nu horche ma droff." Genau das hatte

Ilse Marie die ganze Zeit versucht. Aber sie konnte ihn einfach nicht verstehen. „Du mussd dich selbsd ergennen, meine Gleene. Sieh dir hier de leibhaftschen Gödder an, die wolln zu dir gomm. Es is egal, was de bisd, du mussd nur wissen, wo de hin willsd. An dich glooben muss de damit das Lichd dich erleuchded.“ Ilse Marie schaute ihrem Vater in die Augen. Er machte ihr Angst.

Ängste gibt es immer, wird Ilse später erfahren. Keiner kann das ändern. Ohne die Angst wäre das Böse verloren. Aber es gibt Ängste, die immer wieder kehren, die machen klein und einsam. Das sind die Ängste der Jugend, die Albträume. Doch es gibt eine Angst, die macht Mut, weil sie den Kopf nicht ruhen lässt, um sie zu vertreiben. Ilse nahm ihren ganzen Mut zusammen, lächelte und sagte: „Ich will nach Hause.“ Das Gesicht des Vaters verzerrte sich, als habe er plötzlich Zahnschmerzen. „Wir müssen unergannd bleiben“, sagte er mit einer Stimme, die Ilse bei ihm noch nie gehört hatte. „Überall lauerd dr Deubel, dr Spiechelnarr, dr Märchenhund. Er will uns verderben, wenn mr kee Opfer darbring. Er lechd uns Feuer in de Seele und brennd de Herzen aus bis de Rosen vergliehn, bis das Lichd verdorrd, bis es keen Drosd mehr gibd. Das Gude liechd nie nah“, sagte er. Dann nahm er Ilses Hand. Wie ein kleines Kind lief er neben ihr her. „Beschütz mich, meine Gleene, ich fall sonst hier nunder“, sagte er. Am Ausgang lachte der Vater wieder. „Ich hab lauder Unsinn geredet, meine Gleene. Tschuldschung. Vergiss es. Sach nischt der Muddel, die wird sonsd wieder böse.“ Ilse sagte kein Wort. Aber sie schwor sich an diesem Tag, nie wieder auch nur ein Glas Pflaumenmus anzurühren.

Der Geburtstag

Folge 5

Ilse Bähnert steckt die Fotos in den Pappkarton zurück. „Ach du Schregg, ich glucke hier über meim Testament, verhedder mich in den alten Geschichten und hab dabei de Trudel dotal vergessen. Die had doch heute Geburdstag. Ich muss de Trudel anrufen. Von Löbte bis Hetzdorf is ja nich so weit, das kost nich gleich de Welt", sagt sie und schiebt mit dem Fuß den Schuhkarton unter die Anrichte. „Ich nehm wieder de billige Zehenvorwahl. Eh ma keene Zehe, also de null und de zehn wähln, und dann drei Zehen, also de dreie und de zehn. Das gannsch mr so gud merken." Die Telefon-Nummern sind in den Jahren zu Kettenaufgaben geworden, denkt Ilse. Früher in Leipzig reichten vier Zahlen, heute in Dresden sind es sieben. Dazu kommt die Vorwahl und davor die Qual der Billigwahl, macht 16 einzelne Ziffern. „Das is e eenzscher Dariefdschungel. Da soll noch eener durchsehen."

Sie läuft in die Stube, wo der Gong des Regulators schlägt. Den hat Herbert einmal von einer Haushaltsauflösung aus Waldidylle im Osterzgebirge mitgebracht. „Wer Schwein hat, braucht keins werden", sagte Herbert manchmal, wenn er die Uhr und seinen Durst begoss. In der Innentür des altertümlichen Zeitmöbels steht auf einem goldenen Schild ein Name. Den entdeckte Ilse Bähnert, als der Regulator einmal nicht mehr schlug. Er stand da und sagte keinen Tick. Ilse öffnete die Tür mit dem schweren Glas, fing an zu putzen. Plötzlich fand sie ein paar verstaubte Bücher unter dem Pendel. Es waren zerlesene Exemplare, deren Buchseiten teils lose aufeinanderlagen wie die unverbundenen Schichten eines Blätterteigs. Auf dem ersten Pappdeckel stand in geschwungener Schrift „Grete Lenz" von Heinrich Sohnrey. Das zweite Buch war von Ludwig Anzengruber und hieß „Der Sternsteinhof". Darunter lag ein Roman von Peter Rosegger „Das ewige Licht" und zwi-

schen den Büchern ein Luftschutzkalender aus dem Jahr 1942. Auf den Innenseiten war ein Stempel gedruckt mit demselben Namenszug wie auf dem goldenen Schild der Standuhr: Klara May. „So schließen sich de Kreise", denkt Ilse.
Klara May war die Frau des 1912 verstorbenen Schriftstellers Karl May. Die Witwe lernte 1934 in Radebeul Angela Hammitzsch kennen. Die beiden wurden Freundinnen. 1937 kauften die Hammitzschs in Dresden das Haus Comeniusstraße 61. Schräg gegenüber wohnte Gauleiter Mutschmann. Trudels Eltern zogen genau in jenem Jahr von Leipzig nach Dresden zur Untermiete in das Hammitzsche Haus. Dort lernte Trudel ihren damaligen Zukünftigen kennen, den Schlossergesellen Arthur Frohse, der in einer winzigen Wohnung im Keller hauste. Von dem hörte Ilse nie wieder auch nur ein Sterbenswörtchen und von Frau Hammitzsch spricht bis heute niemand auch nur ein Wort. Lieber wäre man gestorben. „Weschen der hamse am Blauen Wunder eine Dampferanlegestelle bauen lassen, damit die ihrn Besuch empfangen konnde. Hohn Besuch", sagt Ilse. Seitdem sie den Regulator gesäubert hatte, tickte der wieder. Neben der Standuhr steht heute der elektrische Velours-Sessel, daneben ein kleiner runder Tisch und auf dem das Telefon.
„Ich muss de Trudel anrufen", sagt Ilse. „Aber erschd such ich de Geburtstagsliste. Ich muss guggen, ob de Trudel mich zu meinem Geburtstag im letzden August überhaubd angerufen had." So viel Zeit muss sein. Im Stubenschrank neben dem Regulator findet sie das Heft mit den Einträgen. Für jedes Jahr gibt es mehrere Seiten, auf denen die Namen all jener Personen stehen, die Ilse zum Geburtstag angerufen haben. Zu ihrem 80. waren es sechsundsechzig. „Da habsch mich so gefreud", sagt Ilse. „Och der Pfarrer aus Löbte war dran und die von

der Volgssolidaridäd, de Arbeitersamaridder, dr Konsum und dr Bofrost." Vor zwei Jahren rief Trudel nicht an, weil sie mit einem Hüftleiden im Krankenhaus lag. Das sind faule Ausreden, denkt Ilse. Heute gibt es an jedem Bett ein Telefon. So ruft sie die Freundin zu ihrem Geburtstag auch nicht an. Aber vergangenes Jahr ist Trudels Hüftleiden nicht akut, sie klingelt durch und ist somit auf der Geburtstagsliste verzeichnet. Ilse besitzt aber nicht nur ein Heft mit der Geburtstagsliste, sondern auch einen immerwährenden Geburtstagskalender. Hinter den Daten stehen Namen mit Telefonnummern. Die meisten der Namen sind durchgestrichen, die Telefonnummern blieben stehen. Ilse setzt sich in ihren Verlours-Sessel, das Telefon und den immerwährenden Geburtstagskalender auf den Knien.
Sie wählt Trudels Nummer in Hetzdorf bei Mohorn. „Hallo Trudel, bis dus? Hier is deine Ilse. Kanns du mich höhrn?", fragt Ilse. „Ja, fein. Alles erdenklich Gude meine Gude zu deinem Geburtstag, Schaffenskraft, Freude und aus allen das Beste machen. Dazu beste Gesundheet. Denn ohne Gesundheet fühlt mr sich ja immerzu krank", sagt Ilse. „Bisde och schon widder e Jahr älder. Wie gehds denne? ... S gehd so! Nu, das is de Haubdsache. Und sonds, alles beisamm? ... De Beene ... Nu, ich gloobs glei ... Aha, was sacht denn dr Doktor ... wär ne Erlösung, ja Trudel für uns alle, für uns alle ... Nu klar, der weeß dor o ni wies gehd." Ilse hört zu, nickt, stöhnt, lacht. „Has de ma was gehörd von dr ... Nee, die is ooch schon under der Erde ... Had eben alles seine Ursachen, had alles seine Ursachen ... Das habsch glei gommen sehn, dass das so gomm dut. Trudel? Truuuudel? Ach, bisde noch dran. Ja, ja, ich bins, de Ilse ... Nee, hier is schön, de Sonne gommd grad wieder ma naus. Bei dir reschnets, das is das Wetter ... Das gabs doch früher nich ... Das kommt durch die Gloobelalisierung ... Genau,

furchtbar, wenn das so weiter geht, ham mr bald überhaupt kee Wetter mehr." Ilse zögert einen Augenblick, dann sagt sie: „Sach e ma, jetzt muss ich dich direkt e ma was fraachen. De Hammitzschen, du weesd schon, die, wo du damals of dr Gomeniusstraße ensechzsch gewohnd hasd, ... Trudel? Truuudel? Offgelechd."

Ilse fragte Trudel oft. Aber nie antwortet die Freundin. Wahrscheinlich nimmt sie es mit in den Tod, denkt Ilse. Sie hätte es aber gern vorher gewusst. Schließlich muss Ilse jedes Mal daran denken, wenn sie am Blauen Wunder spazieren geht. Die Anlegestelle überdauerte alles. Sie sah die Schiffe an sich vorüberziehen, sah, wie die ihre Namen änderten, wie die „Pillnitz" zum „Weltfrieden" und wieder zur „Pillnitz", wie der „Karl Marx" pötzlich zur „Gräfin Cosel" wurde. „Oder war das der Engels, den se zum Pöppelmann gemacht ham," fragt sich Ilse. Der alte „Friedrich Engels" jedenfalls, da ist sich Ilse ganz sicher, gehört heute dem Christlichen Verein Junger Männer. Wie sich die Zeiten ändern. Namen kommen und gehen, die Boote bleiben, denkt Ilse. „De Trudel sacht nur immer, mr würde sich de Pfoten verbrenn, weil die Sache mit der Hammitzschen so hees wär wie ne Herdplatte beim Kartoffeln kochen. Wenn de weest wie das is mit der Hammitzschen, kannst de dein Tesdament machen, hat de Trudel 1968 gesacht", denkt Ilse.

Aber sie forschte weiter. Ilse erfuhr, dass Angela Hammitzsch am 28. Juli 1883 in Wien geboren worden sein soll. Ihren Mädchennamen bekam Ilse nicht heraus. Am 20. Januar 1936 heiratete Angela in Dresden Martin Hammitzsch, Professor und Leiter der Bauabteilung im sächsischen Innenministerium. Er entwarf als junger Architekt die Yenidze, die Dresdner Tabakmoschee. Die blieb sogar nach der Bombennacht vom

13. Februar stehen. Das Kugelhaus seines jüdischen Kollegen Peter Birkenholz im Ausstellungszentrum dagegen ließen die Nationalsozialisten als „undeutsches" Bauwerk 1938 abreißen. „Der Hammitzsch gonnde doch in seiner Bosition ooch ne Anlegestelle offm Altmarkt bauen lassen", sagt Ilse. 1945 erschoss er sich. Da möchte man schon wissen, wieso die Trudel dort gewohnt hat? Sie fragt sich auch, wieso Klara Mays Standuhr in Waldidylle in dem Ferienhaus der Angela Hammitzsch stand. Die hatte nämlich nicht nur ein Haus in Dresden, sondern ein zweites in Waldidylle. Genau dort, wo der Herbert den Haushalt mit auflösen half. Er hatte im Urlaub davon gehört. „Der Regulador gann nischt dafür, der läuft wie geschmierd", sagt Ilse. Aber gewundert hat sie sich schon damals, dass sie unter dem Pendel kein einziges Buch von Karl May gefunden hat, sondern nur den Luftschutzkalender und drei zerlesene Exemplare deutscher Heimatliteratur. „Ich hab mir jedes genau mehrfach durchgelesen, da gann mir geener was vormachen", sagt Ilse.

Sie wählt noch einmal die Nummer von Trudel, aber es ist besetzt. „Wie die mit ihrm offnen Been zum Telefon gommd, möchtsch wissen. Na, ja. De Trudel is eben viel hin und her geschickt word in ihrm Leben." Ilse muss daran denken, wie oft sie als Kind die Freundin in Dresden besuchte. Als sie in den Sommerferien 1940 an die Elbe fuhr, wohnte Trudel nicht mehr in der Comeniusstraße. Die Gestapo hatte eines nachts den Vater abgeholt. In der Schule sprachen die Kinder darüber, was die Eltern im Radio hörten. Trudel erzählte voller Stolz, dass ihr Papa sogar Englisch verstehen würde. Seit dem 1. September 1939 war das Abhören ausländischer Sender verboten. Der Vater kam nie zurück. Die Mutter zog mit der Tochter in die Schloßstraße 25. Den Volksempfänger versenkten

sie neben dem Blauen Wunder von der Anlegestelle aus in der Elbe. Als Ilse in der neuen Wohnung in der Schloßstraße ankam, traute sie ihren Augen kaum. Ihre Freundin wohnte nicht in irgendeinem Mietshaus, sondern in der dritten Etage des Residenzschlosses, dem Wohnhaus der Wettiner, dort, wo Ilses leiblicher Vater Kammerherr des Königs gewesen war, dort, wo Georg, der Grämliche ihre Großmutter als Hure beschimpfte. Ein Schloss mitten in der Stadt, ein Haus voller Märchen und dennoch all die Jahrhunderte voller Leben. Es tönt aus Urkunden und Monumenten, es spricht aus alten Briefen und versammelten Schätzen, es flüstert aus Ritzen und morschem Sandstein. Fast 50 Wohnungen gab es nach der Flucht von König Friedrich August im Schloss. Trudels Zimmer befand sich in einem kleinen Türmchen und war deshalb rund. Aus dem Fenster reichte der Blick bis zur Frauenkirche. Seit 1938 war die wegen Baufälligkeit geschlossen. Kurz nach der Schließung stürzten Sandsteinbrocken herab und zerschlugen die Kanzel, denkt Ilse. Schon 1924 begann die Sanierung in mehreren Etappen, 1942 war der Bau komplett erneuert, drei Jahre bevor das Gotteshaus nach der Bombennacht vom 13. Februar 1945 in sich zusammenstürzte. „Nu stehts se wieder da, de Frauenkärche. Is das ni ma e echtes Wunder", sagt Ilse Bähnert.
Im Dresdner Schloss sah in den Sommerferien 1940 alles friedlich aus. Bäume wuchsen an den Sandsteinmauern, Gras hing aus den Dachrinnen, im kleinen Schlosshof spielten Kinder in einem Sandkasten. Oben auf dem Dachboden trafen sie sich, um die Hasen zu füttern, die ihre Eltern dort in Ställen groß zogen. „Das Schloss war ooch später e fruchtbares Zuchthaus, da hamse in 1970-er Jahren Schampingons im Keller gezüchdet", sagt Ilse. Trudel kannte den Portier vom Grünen Gewölbe. So

gingen die Mädchen ohne Eintritt zu zahlen in die Schatzkammer Augusts des Starken. Gerade öffnete die Ausstellung wieder, denn seit Kriegsbeginn war sie geschlossen. Ilse wollte den Grünen Diamanten sehen, aber der lag nicht in seinem Glaskasten. Die wertvollsten Exemplare waren ausgelagert. Also gingen Ilse und Trudel ins frisch renovierte Kino Ufa am Postplatz, die früheren Roders Lichtspiele. Als die Freundinnen zurückkamen, stand die Mutter auf dem Balkon und blickte hinüber zur Frauenkirche. „Kinder gommd e ma her", sagte sie. „Ich genne da ne Reimerei, die für de Kärche geschrieben wurde." Ilse merkte sich jede Zeile, jetzt fallen sie ihr plötzlich wieder ein. Manchmal fallen ihr Sachen ein, die sie längst vergessen glaubte. Geradeso als würden kleine Schubladen im Kopf geöffnet, findet sich alles wieder, denkt Ilse. Es war nie weg, aber weil es keiner vermisste, suchte auch keiner danach. Es ist wie mit den kleinen Knöpfen im Nähkasten. Die liegen unsichtbar zwischen den anderen, vergraben unter immer neuen Knöpfen, die in die Schachtel hineingeworfen werden. Irgendwann kommen sie wieder nach oben und man kann sie gut gebrauchen. „Ich mache dr Trudel bestimmt ne Freude, wennsch der das jetze ma ansache." Sie wählt die Nummer von Trudel. „Bis dus? Ganns de mich hörn Trudel? Ich bins noch e ma. Horche ma droff:

De Kärche unser lieben Fraun

Das erschte was der Blick erblickt
wenn ihn e Mensch nach Dresdn schickt,
das ragt wie´n Riesenei von Stein
hoch in den blauen Himmel nein.
Und jeden Dresdner, jeden Sachsen,
is es ans Herze fest gewachsen.

Wie´s Bähr gebaut hat dazumal,
gab´s freilich riesigen Skandal.
Der Stadtrat schrie: „Fedo! Nein!
Denn die Geschichte burzelt ein!"
Und eene Bauratskommission,
die rief: „Mer sieht´s, se wackelt schon!"

Doch Bähr besaß ne dicke Haut
und hat hibsch eirund fortgebaut.
De Kärche unsrer lieben Frauen
is heit noch schmuck und jung zu schaun.
Und der so arg das Werk verbönt,
der Stadtrat selbst is ausgesöhnt.

Doch grad so geht´s noch heut of Erden,
will wo was wahrhaft Großes werden.

von Edwin Bormann

Ilse schluckt. Den Hörer legt sie auf die Lehne des Verlours-Sessels, ihre rechte Hand presst sie flach auf den Brustkorb. „Goddel nee, das is e Gezerre dadrinne", sagt sie und atmet ganz langsam tief durch. Sie nimmt den Hörer wieder ans Ohr, sagt: „Trudel, bis de noch dran? ... Ja, ja ich bins, de Ilse. Was sachst de? Du bisd so schlecht zu verstehn ... Ach, du hast de Adoptivzähne naus genommen ... dr Appelkuchen had sich verhedderd. Nu, das bassierd wenn mr de Schale dranlässt. Is ja och alles gesachd, nur von der Hammitzschen wolldsde ... Trudel? Truuuudel? Offgelechd!" Ilse legt den Hörer auf das Telefon, stellt es auf den Tisch zurück. „Das is schon ne putzsche Nudel, de Trudel. Mei Tesdament könntsch machen, wennsch wüsste, was es mit der Hammitzschen off sich had, sachte de Trudel immer", sagt Ilse Bähnert. „Da stimmt doch irschendewas nisch. Aber bei der Eröffnung der Frauenkärche dabei sein wollen?" Trudel bewarb sich um einen Sitzplatz zur Weihe des Gotteshauses. Fünf Mark hatte sie gespendet, erzählte sie vor Jahren der Ilse. Die Karten für das Fest wurden im Sommer 2005 auf der Aussichtsplattform ausgelost. Wahrscheinlich um dem himmlischen Obernotar näher zu sein, denkt Ilse. Weil aber danach einem Computer ein Fehler passiert sein soll, bekam Trudel erst eine Einladung und dann eine Absage. Andersherum wäre es ihr viel lieber gewesen. Am Ende saß sie vor dem Fernseher und sah sich an, wo die Gewinner saßen.

Früher war das Riesenei aus Stein eine Kirche für die Dresdner Frauenkirchgemeinde, denkt Ilse Bähnert. Nicht wie heute, wo es keine Gemeinde gibt und das Gotteshaus weltweit als Überraschungsei Furore macht. Der Besucher kommt, aber er weiß nicht, wer oder was gerade drin ist. Er weiß auch nicht, ob das Ei an dem Tag überhaupt aufgeht. Aber offensichtlich will der Mensch das so, denkt Ilse. Egal was passiert, Hauptsache es passiert etwas. Nur keine Langeweile aufkommen lassen. Wer häkelt sich denn heutzutage beispielsweise noch selbst seinen Eierwärmer? Kein Mensch macht das mehr allein zu Haus. Die meisten haben auch eine völlig falsche Vorstellung davon, was man mit dem praktischen Utensil überhaupt wärmt.

Aber wenn ein Häkelguru voller Woll-Lust zum Maschenmeeting ruft, kommen die Strickjünger massenhaft zum Nadelunterricht, nur um den Faden nicht zu verlieren. Sie zahlen pro Stunde ungehemmt Unsummen, um dem Alltagsgemetzel ihres Singledaseins zu entfliehen und gruppendynamisch unterhalten zu werden, denkt Ilse. Das ist die neue Form der Unterhaltszahlung. Kinder haben die ja keine. Deshalb rollen auch Männer in Anzügen auf Tretrollern durch die Fußgängerzonen oder jagen mit Inlineskatern durch die Stadtparks und kommen sich dabei überhaupt nicht komisch vor, denkt sie. Aber die rasante Infantilisierung der Gesellschaft liegt voll im Trend. Das hat Ilse mal bei der Fußpflege in einem der Manager-Magazine gelesen. Die gleichen Männer kriechen unter Aufsicht durch den Schlamm, hangeln sich an Klettergerüsten über ihre Kollegen, schreien im Wald nach ihren Schwiegermüttern und fühlen sich wohl dabei, denkt Ilse. Sie hauen auch gern mal ihrem Trainingskollegen mit der Faust in die Magengrube und bezeichnen das als motivationsfördernden Befreiungsschlag. Aber nur wenn der andere sich übergibt. „Vorbeugen ist besser, als sich auf die Schuhe kotzen", sagte Herbert manchmal, wenn sein Durst nach draußen drang. Die Jungmanager heute beugen sich nur dem Zeitgeist, sie lesen Harry Potter oder wollen so stark sein wie Benjamin Blümchen und ihre Frauen sammeln bunte Teddybären oder leere Parfümfläschchen. In dem selben Magazin las Ilse kürzlich auch etwas über den neuesten Trend für das Motivationstraining der aufsteigenden

Winner-Generation. Manager treffen sich zur Besprechung in Hüpfburgen und lassen sich in der Pause von ihren Sekretärinnen mit Vitalriegeln füttern. Das verleiht Flügel. Dass älteren Leuten das Gehirn abhanden kommt und sie sich wie Kinder benehmen, kennt Ilse zur Genüge von ihrem Herbert. Aber dass jetzt auch schon ernstzunehmende Mittvierziger nicht nur keine Kinder zeugen, sondern den wenigen Kindern ihr Spielzeug wegnehmen, das ist neu, denkt Ilse.
Sie muss daran denken, wie sie in den vierziger Jahren in Dresden war, mit Trudel Himmel, Hölle, Erde spielte oder zum Bäcker ging, um sich Geld zu verdienen. Denn zwischen Taschenbergpalais und Schloßstraße standen Mietshäuser, vor denen Damen auf der Straße auf und ab gingen. Waren die Damen allein, streichelten sie gern die Köpfe der Mädchen und balancierten mit ihnen auf der Bordsteinkante. Aber bog jemand vom Schloss in die Straße ein, mussten die Mädchen verschwinden. Die Frauen lachten laut, wenn sie mit Männern sprachen, sie hakten sich bei ihnen unter und verschwanden in einem der Häuser. Einmal kletterten Ilse Marie und Trudel auf die Bierfässer eines Pferdewagens, der vor einem der Häuser abgestellt war. Die Mädchen sahen durch das offene Fenster, wie die Dame dem Mann ihre Bluse zuwarf, wie er ihr das Mieder öffnete, wie sie nackt mit dem Bauch nach unten auf dem Bett lag und der Mann mit dem Handrücken auf ihren Hintern schlug. Als er die Kinder entdeckte, stieß er einen Fluch aus in einer Sprache, die die Mädchen nicht verstanden und schloss das Fenster. Die Frau nannte sich Lulu. Es war eine sehr schöne Frau, denkt Ilse. Sie hatte ein schmales, leicht traurig wirkendes junges Gesicht. Ihr Mund war sehr ruhig und sehr rot. Nur an den Augen und den Händen glaubte Ilse zu erkennen, dass Lulu mindestens so alt sein musste wie ihre Mut-

ter, wenn nicht noch älter. Als Lulu wieder auf die Straße kam, winkte sie die Mädchen, die in einer Ecke hockten, zu sich. Sie gab Ilse und Trudel Geld, schickte sie zum Bäcker. Die beiden Freundinnen holten frisches Brot und Kuchenränder, durften sich vom Restgeld ein paar Pfennige behalten. Seitdem gingen die Mädchen jeden Tag für Lulu und ihre Freundinnen Brot holen und sparten das Geld für einen Besuch im Zirkus.

„Ich müsste ja de Trudel eechentlich noch ma anrufen", sagt Ilse Bähnert. „Ob die sich noch erinnern tut an die weißen Pferde von der Trude Sarrasani. Oder die Tiecher, die den Domdeur zerfleischden wie vor kurzem die weiße Bestie den een von den zwee schwulen Deutschen in Amerika." Das feste Haus des Zirkusses stand am Carolaplatz. Ilse war mit Trudel drei Mal dort. 1943, zur großen Premiere, passierte es. Nach einem gewagten Sprung setzte sich die Tigerin auf ihren Platz. Der Dompteur kraulte der Katze zur Anerkennung liebevoll das Fell. Da fiel die andere urplötzlich über ihn her. Sie schlug ihm ihre Zähne in den Arm. Das Blut des Dompteurs schoss durchs Gitter bis ins Publikum. Die Leute erzählten sich später,

Der Trend: Kindern das Spielzeug wegnehmen ist der letzte Schrei.

die Tigerin habe dies aus Eifersucht getan. Er habe die andere Sekunden zu lang gestreichelt. „Wie hieß der noch, der Kerl?“, sagt Ilse. „De Trudel weeß das bestimmt, die vergisst ja nischt.“ Sie nimmt das Telefon, wählt noch einmal die Nummer in Hetzdorf. „Bis dus? Ganns de mich höhrn Trudel?“, fragt Ilse. „Leche nich glei wieder off. Ich muss dich wechen dem Tiecher was frachen. Du weest doch, der den Domdeur angebissen had, damals Dreiundvierzsch im Sarrasani. Wie? ... Dogare. Genau, dr Dogare war das. E stolzer Mann. Trudel? Truuuudel! Ach, bisde noch dran. Ja, ja, ich bins, de Ilse ... Wo ich dich ema dran hab, du vergisst doch nischt... wie war das denn nu mit der Hammitzschen? Trudel? Truuuudel? Offgelechd.“
Ilse Bähnert schüttelt den Kopf, rückt ihr Haar zurecht. „Den Tiecherkönig Dogare gennt die noch, aber von der Hammitzschen redet se keen Sterbenswörtchen. Mei Tesdament könntsch machen, wenn ich wüssde, was es mit der Hammitzschen off sich had, had de Trudel immer gesacht. Da stimmt doch irschendewas nisch. Das nimmt kein glückliches Ende“, sagt Ilse. Die Geschichte des Dompteurs Togare allerdings endete glücklich. Die Ärzte wollten ihm den Arm amputieren, aber er weigerte sich. Eine Krankenschwester pflegte ihn in einem Dresdner Krankenhaus wieder gesund. Dabei verliebten sich die beiden ineinander. Der Dompteur zeigte der Krankenschwester, wie man Löwen zähmt. Sie zeigte ihm dasselbe im Umgang mit Männern. Wenig später heirateten sie. 1956 sah Ilse sie bei einem Auftritt in Leipzig. Sie nannte sich Taranda. „Die Sachsen sind die einzigen Menschen auf der ganzen Welt, die die Raubkatzen in der Hosentasche tragen: De Taschendiescher“, sagte Herbert manchmal zum Geburtstag, als sie bei Trudel feierten, und er Durst haben durfte ohne zu fragen. Heute hat der Witz einen so langen Bart, dass er

schneller erzählt werden muss, denkt Ilse. „De Sachsen ham nämlich och de schnellsten Raubkatzen, die man sich in de Tasche stecken kann: de Tempotaschendiescher."
Ilse muss an die Geburtstage bei Trudel denken. Sie war aus Dresden nach Hetzdorf gezogen, als sie ihren Erich heiratete. Seine ganze Sippe wohnte zwischen Grund und Hetzdorf. Und immer kamen ihre zwei Söhne mit ihren Frauen und Ilse mit Herbert zum Geburtstag. So lange sie kommen konnten. Die Männer saßen nach dem Kaffee am Stubentisch, tranken Bier, Doppelkorn oder Wodka aus Flaschen, die gleich mit auf dem Tisch standen, und spielten Skat. Auf dem Flur der Wohnung vernahm man Wortfetzen, die wie 18, 20, Reh oder Null, Rotata, die Rosenbraut, du Hornochse oder Drück-dich-in-den-Skat klangen. Die Frauen saßen in der Küche, tranken Eierlikör aus Schokobechern oder Wermutwein aus geschliffnen Kristallgläsern. Sie schwatzten über die schlechte Versorgungslage und bereiteten ein Abendbrot, das so üppig war, das es für drei Tage reichte. Einer der vier Männer musste immer aussetzen, kam dann in die Küche, griff sich eine saure Gurke oder an den Hintern einer der Frauen. Wenn Herbert die Küche betrat, erzählte er einen Witz. Jedes Jahr. „Trudel, kennste den mit dem Fisch", fragte er Trudel. Aber weil sie sich alles, nur keine Witze merken konnte, erzählte Herbert den Witz mit dem Fisch. Jedes Jahr. „Kommt ein betrunkener Mann nach Hause und findet den Lichtschalter nicht", sagte Herbert und schlug sich auf die Schenkel. Die Frauen lachten. Aber der Witz war natürlich noch lange nicht zu Ende. Also erzählte Herbert weiter. Jedes Jahr. „Der Mann tappt im Dunkeln durch seine Wohnung und wirft das Aquarium, in dem ein Goldfisch schwimmt, herunter." Trudel sagte: „Typisch, das is wieder ma typisch." Sie musste dann immer so lachen, dass sie einen

Hickauf bekam. Weil der Hickauf nicht enden wollte und Herbert mithickte, mussten alle anderen lachen. Nur Ilse schüttelte den Kopf, sagte: „Herbert, hör doch off, hör endlich off." Aber Herbert umarmte Trudel, gab ihr einen Kuss auf die Wange, zwinkerte Ilse zu und sagte: „Konkurrenz belebt das Geschlecht." Dann erzählte er weiter. Jedes Jahr. „Das Glas zersplittert auf dem Fußboden und der Fisch ringt in einer Wasserlache nach Luft." Herbert tat so, als wäre der Witz zu Ende und ging zur Tür. Trudel meinte, dass da noch was kommen müsste, holte Herbert wieder zurück. Er ließ sich an die Hand nehmen, von Trudel eine saure Gurke in den Mund schieben, dann kaute er und aus seinen linken Mundwinkeln lief Gurkensaft auf sein weißes Hemd. Jedes Jahr. Dann erzählte er weiter. „Der Fisch ringt also nach Luft. Da geht der Mann zu dem Fisch, tritt nach ihm und sagt: Wirst du wohl nach deinem Herrchen schnappen?!" Herbert krümmte sich vor Lachen. Der Rest der Gurke wurde aus seinem Mund geschleudert und landete auf dem Fußboden. Trudel wollte wissen, was aus dem armen Fisch geworden sei. Jedes Jahr. Da konnte Herbert nicht mehr aufhören zu lachen. Er rief Erich, sagte: „Erich, die Trudel, die weiß nicht, was aus dem Fisch wurde. Sie weiß es einfach nicht." Erich sagte: „Fischfutter natürlich, Trudel, Fischfutter." Herbert lachte, holte Luft, hustete, lief rot an, lachte immer weiter. Jedes Jahr. So war es auch, als Ilse und Herbert das letzte Mal bei Trudel waren. Zu ihrem 65. Geburtstag. Herbert lief rot an, lachte immer weiter, aber er holte keine Luft mehr. Er wurde immer röter, dann blau, hustete und fiel um. „Der had sich einfach tot gelacht", sagt Ilse.

„Nimm dir eine schöne Frau, die bist du wenigstens schnell wieder los", sagte Herbert manchmal, wenn er am Stammtisch seinen Durst pflegte. Über Schönheit will Ilse nicht mehr streiten. Zweiunddreißig Jahre war sie mit ihrem Herbert verheiratet. Das ist manchen sein ganzes Leben, denkt Ilse und ihr fällt plötzlich das Gedicht von Tante Lene ein, das sie Herbert zur Silberhochzeit neben das Frühstücksei gelegt hatte. Die Zeilen stammten aus einem Vokabelheftchen mit der Aufschrift „Sächscher Kleinkram", das Lene Ilse geschenkt hatte. Im Schrank in der Stube liegt es noch im Schieber. Die Überschrift des Gedichtes lautet: Och e Lieweslied. Als i-Punkte, Ilse schämt sich noch heute dafür, hatte sie Herzen gemalt. Andererseits, denkt Ilse, sind Hochzeitstage ja vor allem dafür geschaffen, das schlechte Gewissen des Ehemannes aufzufrischen, noch bevor er bemerkt, dass er gar keins hat. Den Tag vergisst er mit schlafwandlerischer Sicherheit und so trägt die Frau lächelnd wieder einen kleinen Sieg davon. Deshalb verzierte Ilse mit viel Liebe die Überschrift mit einer Wellenlinie, darunter schrieb sie fein säuberlich das Gedicht aus Tante Lenes Vokabelheftchen ab:

Behalt´n Gobb ohm, du mei liewer Alter,
Mir beede wärchen uns schon durch, bass uff.
Zähl nich so ängstlich jede neue Falte
Un jede graue Strähne. Feif doch druff.

Was frieher stark und groß war, wird flach un gleener,
Das is nu ma nisch anders, gloob mersch nur.
Guck doch erscht mich an! Wär ich etwa scheener?
Dr Mensch welkt grade so wie de Nadur.

Warn unsre Jahre manchmal och recht driewe,
mr wolln drum´s Lachen doch nich ganz verlern.
Du bist un bleibst ja meine alte Liewe.
Da hat mr ochde Runzeln noch mit gern.

Ilse wusste, was sie an Herbert hatte. Er kam, wenn sie ihn rief. Frauen rufen ja immer nach ihren Männern, wenn sie gerade mit dem Nachbarn über Autos oder übers Wetter reden. Herbert redete immer übers Wetter, denkt Ilse. Er hatte nicht nur seine Marmeladengläser mit Ostseesonnenaufgangsdaten im Keller, er besaß auch einen Windmesser. Den brachte er irgendwann auf dem Balkon an und maß den Wind. Gemacht hat er nie welchen, denkt Ilse. Herbert war kein Windmacher, kein Jäger, er war ein Sammler. Sprüche sammelte er, Wetterdaten sammelte er und Bierdeckel. Richtig glücklich wäre er aber vermutlich erst gewesen, wenn er historische Briefkuvertständer, Rasenmäher oder Betonmischer hätte sammeln können, denkt Ilse. Zum Glück beschränkte er sich aber vor allem darauf, nichts wegzuwerfen. Männer werfen ja nie etwas weg, denkt Ilse. Sie behalten alles. Socken zum Beispiel oder rote Pullover. Ilse schenkte Herbert jedes Mal zu Weihnachten ein Paar neue Socken und einen neuen Pullover. Aber am nächsten Tag zog Herbert wieder den roten an. Den, den er immer anzog. Er brauche keinen neuen Pullover, sagte er. Im Grunde stimmte das, denkt Ilse. Vierzig neue Pullover verstopften am Ende seinen Schrank. Herbert zog den roten an. Woher der eigentlich kam, wusste Ilse nicht. Es war aber der einzige, den sie ihm nicht geschenkt hatte. Deshalb weigerte sie sich auch, den Pullover wegzuräumen, wenn er wieder einmal irgendwo herumlag. Aber sie hätte trotzdem gern gewusst, warum er diesen einen Pullover so mochte. Die Antwort gab Herbert eines morgens selbst: „Gut, dass das gute Stück immer dort liegt, wo ich es gerade fallen gelassen habe." Aber das ist Ilse nach wie vor als Erklärung zu einfach. Da steckt mehr dahinter, denkt sie. Genau wie bei dieser Holzkiste mit der Aufschrift „H. Bähnerts S-Archiv", die im Keller lagert. Aber Ilse wagt nicht hineinzusehen. Noch nicht.

Plötzlich klingelt das Telefon. Ilse nimmt den Hörer ab. „Trudel, bisd dus? Was is ...? Du sachst mir das nur eema und nie wieder. Na, da. Was is ...!? De Angela Hammitzsch hieß früher Hitler ... Das war de Halbschwester von dem Adolf Hitler ... Und du hasd das gewusst! Ich denke, ihr habt niemals von nicht was gewusst. Trudel! Truuuudel? Offgelechd.“ Ilse schüttelt den Kopf. „Woher wees eechendlich de Trudel, dass ich grad mei Tesdament mache?“

Der Tod

Folge 6

Manchmal denkt Ilse Bähnert, dass sie heute eine andere wäre, wenn sie mit 20 Jahren gewusst hätte, was sie heute weiß. Damals schien das Leben plötzlich zu Ende. Der Anfang vom Ende fing 1943 an. Im Berliner Sportpalast forderte Goebbels den totalen Krieg, Hans und Sophie Scholl wurden hingerichtet, der Dresdner SC stieg durch einen Sieg gegen den FV Saarbrücken zum Deutschen Fußballmeister auf, „Der kleine Prinz" von Antoine de Saint-Exupéry war der Bestseller des Jahres. Im Dezember wurde Ilse Marie festgenommen, weil sie einen Mann verletzte. Einen Soldaten. „Nischt habsch dazumal gewusst", sagt Ilse vor sich hin. „Und mir had och keener was gesacht. Vielleicht hätsch einfach ma frachen solln?" Später glaubt keiner, dass die früher nie wissen wollten, wie das alles passieren konnte, denkt Ilse. Aber später ist man immer schlauer. Wenn einer gewusst hätte, dass 45 der Krieg zu Ende geht, hätte man sich dem Volkssturm verweigert, denkt Ilse. Wenn einer gewusst hätte, dass der Ulbricht 61 plötzlich die Mauer baut, hätte man sich zeitig genug auf den Weg machen können. „Wenn eener gewusst hätte, dass der Schlabowski, oder wie der hieß, de Mauer im November 89 wieder offmacht, hätte sich keener mehr e Monat vorher nen Vier-Takt-Wartburg gegooft", sagt Ilse. „Wenn das Wörtchen wenn nicht wär, wär mein Vater Millionär", sagte die Mutter, die immer alles besser wusste, damals zu Ilse.

Der Mensch wird älter und ist wie er ist, denkt sie heute. Irgendwann lässt er sich nicht mehr ändern. Vielleicht könnte einer die Zeit ändern, zurückdrehen wie die Wäsche in der Mangel. Einfach die Kurbel andersrum leiern, denkt Ilse. Aber nicht zu weit. Denn 20 Jahre jung möchte sie nie wieder sein. Nie wieder. Das Ende begann, kurz nachdem in den Morgenstunden des 4. Dezembers 1943 Leipzig zum ersten Mal bombardiert worden war. 2000 Menschen starben. 40000 irrten durch die Stadt auf der Suche nach einer Unterkunft. Bis nach Marienbrunn, auf das keine Bombe gefallen war, kamen die Menschen und baten um Unterkunft. An die Tür des Rumpelstilzchenwegs Nummer 7 klopfte ein Soldat, der sich als Ernst Deutschmann vorstellte und dessen Kopf zur Hälfte mit einer Binde dick verbunden war. Da jeder zu jener Zeit einem deutschen Soldaten vertraute, weil fast alle Männer plötzlich Soldaten waren, vertraute auch Ilse Maries Mutter dem Mann und gab ihm das Zimmer im Dachboden. Dort wohnten die Gäste des Hauses, seit die Großmutter tot war.

Ilse Marie war damals achtzehn. Sie hatte die Schule beendet und Schneiderin gelernt. Sie war eine sportlich wirkende junge Frau mit kurzen blonden Haaren. Ilse Marie fand sich zu kräftig gebaut, ihre Arme zu muskulös und ihre Füße zu groß. Aber sie wusste sich geliebt. Tag und Nacht dachte sie an ihren Ernst Adolf, der gerade dabei war, irgendwo in der Welt sein Glück zu machen. Ilse las stundenlang seine Briefe. Charlotte Emmi Teichmann allerdings ließ keinen Tag aus, um Ernst Adolf als Verräter und Deserteur zu beschimpfen. In dem Soldaten mit dem Kopfverband und der Uniform, auf deren Brusttasche ein Abzeichen prangte, das eine Karriere voller Ruhm und Ehre zu versprechen schien, sah sie dagegen den geborenen Schwiegersohn. Der Soldat war groß gewachsen, schlank, hatte breite Schultern und leuchtend blaue Augen. Er trug ein dauerhaftes und gleichzeitig befremdliches Lächeln zur Schau, fand Ilse. Es war ein Lächeln, das einer trägt, wenn er glaubt, dem anderen schon einmal begegnet zu sein, sich aber nicht an den Anlass erinnern kann, eine merkwürdige Mischung aus Zuversicht und Verlegenheit. Ilse würde noch heute schwören, dass die Mutter in dem Soldaten Ernst Deutschmann sogar ihren ei-

genen Sohn sah, auf den sie vergebens gehofft hatte, aber den sie sich noch immer wünschte. Sie schenkte ihm nicht nur ihre ganze Aufmerksamkeit, sondern auch Kaffee, Kuchen, Wein und Brote, die sie so dick mit Butter und Wurst bestrich, dass weder für Ilse noch für den Vater etwas übrig blieb.
Ilse Marie verließ das Haus am Nachmittag, weil ihr sofort der Verdacht kam, dass ihre Mutter am liebsten noch am gleichen Tag das Aufgebot für die Trauung bestellt hätte. Als sie am Fleischerladen vorbeilief, stand da die dicke Frau, die immer Würstchen aß. Ilse fiel sofort auf, dass die Frau heute keinen Bissen herunterbekommen würde. Ihr Gesicht war blass. Ihre Hände zitterten. Die dicke Frau kam auf Ilse zu, sagte, dass rund um den Augustusplatz die Häuser brennen würden. Vom Opernhaus stünden nur noch die Mauern, sagte die Frau, das Dach des alten Rathauses sei eingestürzt, die Häuserzeilen der Reichs- und Nikolaistraße loderten wie zusammenhängende Feuerschlangen. „Alle verbrannt", schrie sie, „alle." Dann riss sie ihren Mantel auf, holte aus der Tasche ein Messer, das aussah, als hätte es bis vor wenigen Minuten auf dem Fleischertisch gelegen. Sie fing an, ihren Mantel zu zerschneiden. Sie schnitt, dann riss sie den Stoff in Fetzen. Sie schmiss ihren Mantel auf die Straße. Es war kalt, aber der dicken Frau rann der Schweiß von der Stirn. Sie zerschnitt ihr Kleid, immer weiter bis ihr der Stoff vom Leib fiel. Ilse Marie schrie die Frau an, sie solle aufhören, sonst werde sie erfrieren. Ilse rief um Hilfe. Sie wollte die Frau umarmen, um sie zu wärmen, aber die riss sich los. „Alle verbrannt", schrie sie. Als Ilse versuchte, der Frau das Messer wegzunehmen, da kam wie aus dem Nichts der Soldat mit dem Kopfverband. Er stellte sich vor die Frauen, breitete die Arme aus, rief nur: „Aufhören, bitte aufhören!" Da stach die dicke Frau zu. Sie erwischte den Soldaten an

der linken Schulter, schlitzte den Ärmel des Uniformmantels und das Hemd darunter bis zum Ellenbogen auf, durchschnitt die Haut wie die Schale einer weichen Birne. Der obere Arm blutete. Der Soldat schrie. Er fiel auf die Knie. Ilse ergriff die Hand der Frau, nahm ihr das Messer weg, rief erneut um Hilfe. Da knallte ein Schuss. Die Frau fiel zu Boden. Der Soldat mit dem Kopfverband schaute sich um, stand auf und rannte weg in Richtung Rumpelstilzchenweg. Zwei heraneilende Männer hatten auf die dicke Frau geschossen. Es waren Feldgendarmen, die annahmen, die Frau wollte den Soldaten töten. Als sie Ilse mit dem Messer in der Hand sahen, packten die Militärpolizisten sie von links und rechts an ihren Oberarmen. Ilse blieb damals ganz ruhig, betrachtete auf den Uniformen die Ärmelstreifen, auf denen gotische, orange Buchstaben gestickt waren. Ilse sah am oberen linken Arm einen Adler auf einem schwarzen Hakenkreuz, darum gewunden ein Eichenkranz. Die Männer der Feldgendarmerie nahmen Ilse mit. Sie landete im Untersuchungsgefängnis in einer der Zellen der berüchtigten Alfred-Kästner-Straße.
Die Sache klärte sich nach einer Woche auf, denn hinter den Fenstern hatten die Nachbarn das Geschrei verfolgt. Auch Liesbeth sah alles mit an, sagte bei der Feldgendarmerie lispelnd aus. „Ich habe es genau gesehen.“ Die dicke Frau habe im Feuer ihren Sohn verloren und sei darüber verrückt geworden. Sie stach vermutlich aus Angst vor dem Soldaten auf ihn ein. Ilse habe ihr das Messer nur weggenommen. Als die Männer der Feldgendarmerie den Soldaten Deutschmann als Zeugen hören wollten, war der spurlos verschwunden. Charlotte Emmi Teichmann schwieg sich zunächst aus. Doch als sich wenig später herausstellte, dass der Soldat seit Wochen gesucht wurde, weil er weder Ernst Deutschmann hieß noch Soldat war,

sondern ein entflohener Sträfling, der beim Ausbruch aus dem Gefängnis durch einen Streifschuss am Kopf verletzt worden sei, meinte die Mutter, sie habe sofort gesehen, dass mit dem Kerl etwas nicht stimmte. Nie hätte sie vorgehabt, ihn im Rumpelstilzchenweg zu beherbergen. Ilse beteuerte ihre Unschuld. Zu einer Anklage kam es dann doch nicht, denn als Ilse sich darüber beschwerte, dass die zwei Männer der Feldgendarmerie sich nicht um die am Boden liegende dicke Frau gekümmert hätten und den Soldaten, der gar keiner war, laufen ließen, erklärten sie, Ilse hätte ohne einen Zweifel aus Notwehr gehandelt. Sie kam wieder frei. Charlotte Emmi Teichmann entschied, nie wieder einen Gast im Haus aufzunehmen und schloss alle Messer, die sie finden konnte, in einem Schrank ein. „Lass dich nie mit einem Soldaten ein", sagte die Mutter zu Ilse. Was aber blieb einer jungen Frau in jener Zeit anderes übrig, als sich mit einem Soldaten einzulassen, denkt Ilse heute. Die meisten Frauen konnten sich auf gar nichts mehr einlassen, denn sie warteten vergeblich auf ihre Männer. Die meisten kehrten nie zurück. Wie ihr Ernst Adolf, denkt Ilse.

Der einzige, der immer für Ilse Marie da war, war ihr Vater Friedrich Oskar. Inzwischen 60 Jahre, ging er jeden Tag zu seinem Orchester. „Ich muss das große Fest am Völkerschlachtdengmal vorbereiten, mei Mädel", sagte er zu Ilse. Denn am 26. Dezember 1943 fand dort um elf Uhr die „Ehrenfeier der Luftkriegsopfer" statt. Der Vater zog seinen schwarzen Anzug an. Dann suchte er zwei Lampions. Ilse wird diesen zweiten Weihnachtsfeiertag nie vergessen. Denn wie jedes Jahr lernte sie ein Gedicht, aber am Heiligen Abend wollte es keiner hören. Die Eltern sagten Weihnachten ab. Sie hatten alle Lichter gelöscht, denn sie fürchteten, die nächsten Bomber würden an diesem christlichen Festtag Leipzig erneut angreifen und diesmal Marienbrunn zerstören. Ilse, die Mutter und der Vater saßen die ganze Nacht im Keller. Sie sprachen kein Wort. Ilse hatte ein Gedicht von Tante Lene ausgesucht. Keine Zeile davon vergaß sie bis heute. Als der Vater am zweiten Feiertag seinen schwarzen Anzug bereitlegte, um mit Ilse zum Völkerschlachtdenkmal zu gehen, stellte sie sich vor ihn hin und sagte das Gedicht auf:

Der Abbel und de Nuss

Ä Abbel hing am Weihnachtsboom
un dachte in sein Griebse:
de goldne Nuss am Zweich da ohm,
das wär mei Fall. Ich liebse.

De gleene Nuss war ihrerseits
däm Abbel och gewoochen,
un so hat jeder dorch sein Reiz
den andern angezoochen.

Se dreimten beede vor sich hin
Un wünschten bloß das eene:
im gleichen Menschenmaachn drin
zu sterm. Die Zwee aleene.

Aber der Vater hörte nicht zu. Er suchte die Laternen. „Weeß Knöppchen, Mädel, die missen hier irschendewo sin", sagte der Vater. Die Mutter wollte diesmal unbedingt mitgehen. „Off dem Lampinion is der Gobb vom Führer druff", sagte sie. Denn der Sachse sagt zu Lampions Lampinions und zu Champignons Champions. „Ich wees, ganz schnieeke sieht der da aus mit seinem Haarscheitel scharf nach rechts gegämmt", sagte der Vater. „Nee, nee, nee, der träscht den Scheitel nach links", sagte die Mutter. Ilse wusste, dass Charlotte Emmi Teichmann und ihr Vater sich jetzt in die Haare kriegen würden. Aber sie redeten wenigstens miteinander. „Off den Lampinions sind die Haare nach rechts", sagte der Vater. „Das gann schon sin", sagte die Mutter, „aber der Führer träscht de Haare nach lings un demzufolche den Scheidel rechts." „Das is richtsch, dass wenn de de Haare nach lings gämmst der Scheidel rechts is, aber wenn de de Haare nach recht gämmst, dann is der Scheitel lings und so träscht der Führer de Haare." Die Mutter erinnerte sich, wo die Lampions waren, und sagte zu Ilse: „Hol mal den Führer roff, der is im Keller." Ilse ging die Treppe hinunter, tatsächlich – er hing an der Decke neben dem Ofen. Sie brachte die Laternen nach oben. „Da siehstes", sagte der Vater, „der träscht de Haare nach rechts." Die Mutter kam näher, staubte die Lampions ab und sagte: „Was du wieder für a Zeuch erzählst, der hat den Scheitel lings." Der Vater steckte Kerzen in die papiernen Laternen. Auf jeder Seite war das Gesicht des Führers gedruckt. Aber die Scheitelfrage blieb ungeklärt. „Mir ham diregt e ma beede Recht", sagte der Vater. „Gugge dir das e ma an. Off der een Seite von dem Lampinion sind de Haare rechts gekämmt und of dr andern Seite lings." Die Mutter nahm eine der gescheitelten Führerlaternen, der Vater die andere. Ilse durfte im Flur des Hauses die Kerzen anzünden. Als die Eltern durch die Tür in den Garten traten, ergriff der Wind das Papier. „Mädel, schnell, halte die Lampinions e ma fest", sagte der Vater. Aber es war zu spät. Die Kerzen waren aus ihren Haltern gefallen und das Führergesicht loderte ab.

„Schnell in de Rechentonne mit dem Zeuch", sagte die Mutter. Aber das Wasser war gefroren. „Ins Haus, ins Haus", rief der Vater, schloss die Tür wieder auf. Die Eltern standen vor der Garderobe, in ihren Händen die Holzstäbe und daran der Rest des qualmenden Führergesichts. „Das wars", sagte der Vater. Ilse wird nie vergessen, wie sie lachen musste und wie der Vater in das Lachen einstimmte, sich den Bauch hielt und rief: „Das wars." Die Mutter ging wortlos in die Küche und kochte für alle einen Tee, Kräutertee – genannt Völkerschlachtdenkmal Nordhang.

Ilse denkt an das Lachen des Vaters. Und sie denkt daran, wie es ihm wenig später verging. Im Herbst 1944 klingelte es im Rumpelstilzchenweg Nummer 7 an der Tür. Ein Mann in einer Uniform, ähnlich wie sie der Soldat mit dem Kopfverband trug, gab dem Vater ein Kuvert. Der Vater öffnete es, las, steckte es in seine Jacke und verschwand. Er muss direkt in die Marienbrunner Gartenkneipe gegangen sein, denkt Ilse. Nie hatte sie ihn betrunken gesehen, denn Friedrich Oskar Teichmann trank nicht. Ilse denkt daran, dass es ihr als Kind erspart blieb, den Vater lallend aus der Gartenkneipe holen zu müssen, weil die Mutter fürchtete, das Geld könnte nicht fürs Brot reichen. So jedenfalls erging es ihrer Freundin Hedwig, die mehrmals in der Woche von der Mutter losgeschickt wurde, den Vater zum Abendbrot nach Hause zu bringen. Manchmal sah Ilse Hedwig, wie sie ihren Vater stützte, sie ihn an der Hand hielt, wenn er sich am Straßenrand übergab. Friedrich Oskar Teichmann verabscheute es, an einem Stammtisch mit anderen Männern zu sitzen und Reden zu schwingen, wie die Welt mit einem Handstreich zu verbessern sei. Er liebte es vielmehr, allein am Fenster zu sitzen, in der Hand eine heiße Tasse Tee. Oft betrachtete er den Dampf, der aus der Tasse nach oben

schwebte und an der Scheibe vor ihm einen nassen Fleck hinterließ. Manchmal zeichnete er mit dem rechten Zeigefinger ein Kreuz in den Teenebel auf der Scheibe. Später schimpfte die Mutter, weil am Fenster die Kreuze des Vaters zu sehen waren. Friedrich Oskar Teichmann betrank sich an diesem einen Tag, als der Brief kam. Aber er blieb nicht in der Gartenkneipe sitzen. Er lief von Marienbrunn aus über Connewitz von Kneipe zu Kneipe in die Innenstadt. Im Vorübergehen las er auf einem Transparent: „Räder müssen rollen für den Sieg". Er wollte noch einmal sein geliebtes Leipzig sehen. Was er sah, waren schwarze Mauern, der Scherenschnitt einer Stadt. Neun Mal waren inzwischen die Bombengeschwader über Leipzig geflogen. „Das haben wir nun davon." Friedrich Oskar Teichmann konnte kein Mitleid empfinden. Mit niemandem, auch nicht mit sich selbst. Er war nur unendlich traurig und fühlte eine Schuld, die ihn zu erdrücken drohte.
Der Vater lief bis zum Wilhelm-Leuschner-Platz, sah das Neue Rathaus, dessen hoher Turm noch stand, aber ausgebrannt war. Er stolperte über Gleise. Seit diesem Jahr 1944 fuhr in Teilen der Innenstadt ein Zug, der Schutt und Steine der zerstörten Häuser aus der Stadt transportierte. Am Leuschner-Platz befand sich das Depot der Trümmerbahn. Als Friedrich Oskar Teichmann begriff, was es mit der Bahn auf sich hatte, stellte er sich hinter eine der Loren und belud sie mit Steinen. Als er nicht mehr konnte, setzte er sich auf die Schienen und holte den Brief aus seiner Jacke. Morgen, sechs Uhr, sollte er sich zum Dienst beim Volkssturm melden. Er, 60 Jahre und Notenwart des Leipziger Gewandhausorchesters, er, der noch nie in seinem ganzen Leben eine Uniform angezogen hatte, er sollte sich morgen, sechs Uhr melden, um den Dienst anzutreten. Morgen, sechs Uhr. Noch während er darüber nachdachte,

wem er eigentlich dienen sollte, setzte sich der Zug in Bewegung, rangierte rückwärts und die Räder überrollten Friedrich Oskar Teichmann. Ilse denkt, dass es wohl so das Beste gewesen sei. Besser jedenfalls, als irgendwo in einem Schützengraben zu krepieren. Sie konnte in diesem Augenblick nicht ahnen, dass auch ihr Ernst Adolf von einem Zug überrollt werden sollte. Aber hätte sie etwas ändern können, wenn sie es gewusst hätte? Ilse nahm es hin, wie sie vieles hinnahm. Sie hatte damals keine Kraft, sich zu wehren, denkt sie heute. Und sie hätte auch gar nicht gewusst, gegen wen sie sich hätte wehren sollen. Das Leben geschieht, man kann nichts dagegen tun, denkt Ilse.

Am 27. Februar 1945 um 14.30 Uhr warfen die alliierten Flugzeuge zum letzten Mal Bomben über Leipzig ab, erinnert sich Ilse. Diesmal auch über Marienbrunn. Die Mutter hatte Ilse eine halbe Stunde zuvor zum Bäcker geschickt. Wie immer ging sie zum Bäcker Schmidt. Bei Schmidts gab es auch in den letzten Tagen des Kriegs noch Brot. Über einer Geburtstagstorte im Schaufenster hing das Bild des Schnautzbartträgers, die Haare schräg nach links gekämmt, der Scheitel rechts. Ilse griff zur Klinke, aber die Tür war zu. Hinter der Scheibe hing ein mit Hand beschriebenes Schild, auf dem stand, dass der Sohn zu seinem heutigen Geburtstag mit der Hitlerjugend zu einem Ausflug unterwegs sei, Mutter und Vater mitgefahren wären und deshalb der Laden heute geschlossen ist. Ilse fluchte vor sich hin, drehte sich um, lief zum Bäcker auf dem Frau-Holle-Weg. Eine Minute bevor sie den Holle-Laden betrat, heulten die Sirenen plötzlich los. Mit der Verkäuferin rannte sie in den Keller des Hauses. Dort saßen auch Trudel und Hedwig. Sie umarmten sich, setzten sich auf den Boden. Plötzlich hörten sie einen gewaltigen Knall, hörten das Rumsen, dann zitterte der Boden. Ganz in der Nähe schlug die Bombe ein. Eine einzige Bombe ging in diesem Krieg auf Marienbrunn nieder. Sie traf Bäcker Schmidts Laden. Kein anderes Haus sonst. Und kein Mensch starb. Ilse bekam vom Holle-Bäcker ein halbes Brot, lief damit nach Hause. Die Mutter wollte wissen, warum sie wieder mal so spät käme. Ilse sagte nichts, ging auf den Dachboden, schaute aus dem Fenster, sah die Rauchwolken über der Stadt. Sie muss heute daran denken, wie oft sie mit dem Vater am Völkerschlachtdenkmal war und dass dort in jenen Tagen 1945 wieder eine Schlacht stattfand. Ilse hatte gesehen, wie rund um das Denkmal Männer vom Volkssturm Schützengräben aushoben und sich verschanzten. Sie wollten tatsächlich kämpfen. Plötzlich kam ein Jeep der Amerikaner die Gletschersteinstraße heruntergefahren. Ein Shermanpanzer brannte. Die Männer vom Volkssturm kamen plötzlich aus ihren Schützengräben gekrabbelt und rannten zum Südfriedhof. Sie versteckten sich zwischen den Gräbern. Ilse sah den Jeep, der langsam die Straße herunterrollte. Da sah sie etwas, was sie noch nie gesehen hatte. In dem Jeep saß ein schwarzer Mann. Sie schaute genau hin. Sie spürte keine Angst, sie sah nur den Mann mit dem schwarzen Gesicht. Der Jeep fuhr an Ilse vorbei direkt zum Südfriedhof.

Ilse denkt an den Sommer 1945. In diesem August 1945 vergaß sie ihren 20. Geburtstag. Die Mutter dachte nicht daran zu feiern. Man erntete im Garten Möhren, Bohnen und Kartoffeln. Schon im April hatte sie damit begonnen, die Rosen auszugraben und Beete anzulegen. Jeder Quadratzentimeter des Gartens verwandelte sich zur landwirtschaftlichen Nutzfläche, denkt Ilse. Die Mutter hatte sich nie darum gekümmert, welches Gemüse in ihrem Garten wuchs. Sie wollte nur immer die schönsten Rosen der ganzen Märchenwiese blühen sehen. Und sie betrachtete mit Wonne ihr kleines Kräuterbeet neben der Haustür, verschnitt mit der Nagelschere die Petersilie. Jetzt aber entwickelte sie einen fanatischen Eifer um Weißkohl, Wirsing, Rotkohl, Porree, Spinat, Gurken und grünen Salat. Als eines Tages ein Schäfer seine Herde über die große Wiese hinter der Siedlung trieb, schickte die Mutter Ilse hinterher. Sie sollte den Schafkot einsammeln. Sie lernte, dass der Kot, pur in die Erde gegeben, zu scharf als Dünger für die Gemüsepflanzen war. So vermischte sie ihn in einem Eimer mit Wasser, goss das Gemisch vorsichtig an die Sämlinge. Ilse redete sich damals ein, dass die Erde nach dem Gießen so zum Himmel stank, dass Gott endlich reagieren müsste. „Der musste die Nase voll haben", sagt Ilse. „In d i e Katastrophe hat der sich nich ooch noch eingemischt."

Als das Gemüse zum Ernten reifte, sah die Mutter plötzlich in jedem Nachbarn einen skrupellosen Gemüsedieb. Sie spannte, festgeknotet an kleinen Holzstäben, zwischen das Grünzeug Meter um Meter Zwirn. Daran bändelte sie Papier und Weihnachtsbaumglocken. Hätte sich nun ein benachbarter Möhren- oder Kartoffelräuber den Früchten genähert, sollte er sich im Zwirn verheddern und unversehens den Raschel- und Glockenalarm auslösen. Allerdings klingelten die Glöckchen bereits beim kleinsten Windstoß. Ilse musste später immer schmunzeln, wenn sie an das singende klingende Gemüse vom Rumpelstilzchenweg dachte. Kohlsuppe kochte die Mutter so oft, bis keiner von beiden sie mehr riechen konnte. Die Mutter nahm einen kleinen Kopf Weißkohl, zwei Esslöffel Fett, vier Esslöffel Mehl, anderthalb Liter Wasser, meistens mehr, und je eine Messerspitze Pfeffer und Salz. Ilse sah erst zu, später putzte sie selbst zuerst den Kohl, schnitt dann kleine Streifen, um ihn danach zu waschen. Das Fett machte sie auf dem Ofen in einem Topf flüssig, schüttete den Kohl hinein, streute das

Mehl darüber, wenn es welches gab. Dann rührte sie alles gut durch. Danach füllte sie Wasser in den Topf und ließ das Ganze anderthalb bis zwei Stunden langsam vor sich hin köcheln. Ilse lernte auch Gurkensuppe zuzubereiten. Rote-Bete-Suppe gehörte zum Feinsten, was Ilse in jenen Jahren kochte. Denn neben zwei roten Rüben gehörten hier auch saure Milch und ein halbes Pfund Rindfleisch in den Topf. Mixte sie der Suppe ein wenig Weißkohl hinzu, schmeckte die Mahlzeit ganz vorzüglich. Ilse und die Mutter legten sich dann die silbernen Löffel neben die Porzellanteller und weiße Stoffservietten über die Knie. Schließlich isst das Auge mit. Um der Wahrheit die Ehre zu geben, erzählte Ilse später einmal, Herbert habe sie die Rote-Bete-Suppe nur ein einziges Mal gekocht. Und in der Suppe war auch kein einziges Gramm Rindfleisch und kein einziger Tropfen saure Milch. Ilse kochte die zerschnittenen Rüben im Wasser. Den Rest las sie der Mutter aus einem Rezeptbuch vor. Deshalb blieb ihr später unbegreiflich, wie Rote Bete auf den Speisekarten von Gourmettempeln landen konnte. Warum Brennnesselsuppe oder gar Löwenzahn in Nobelrestaurants als Vorspeise mit dem Hinweis auf edelste Gaumenfreude kam, war für Ilse ebenfalls ein Rätsel neuzeitlicher Kochkunst. Im Herbst 1945 jedenfalls war das Gemüse für sie und ihre Mutter nichts weiter als Überlebensfutter.
Mehrere Monate hielten sie es durch, sich ausschließlich von Gewächsen aus dem eigenen Garten zu ernähren. Es gab auch ein paar Kilo Pflaumen, Äpfel und Birnen. Der Vater hatte die Bäume Jahre zuvor gepflanzt. Das Obst wurde schon immer gern gegessen, eingeweckt oder zur Mosterei gebracht. Die Mutter kochte alles ein, was nicht sofort verwertet wurde. Aber die Mahlzeiten wurden immer karger. Das zehrte an den Kräften. Ilse und die Mutter sehnten sich nach Brot, Eiern, Speck

oder einem Stück Fleisch. Als aus der Sehnsucht Hunger wurde, verstaute die Mutter in einem Koffer mehrere Schuhpaare, feinste silberne Serviettenringe aus dem Nachlass der Großmutter, Parfüm, Tischdecken aus feinstem Damast und mehrere frisch gebügelte Bettbezüge und Laken. Die waren auch noch von der Großmutter, bestickt mit einem verschnörkelten Muster und den Buchstaben ECvP, Emilia Constantia von Pusch. Niemals bezog die Mutter die Matratzen mit dieser Bettwäsche. Sie schien ihr zu wertvoll. Jetzt sollte sie herhalten, um gegen Mehl, Eier und Fleisch getauscht zu werden.
Die Mutter erklärte Ilse, sie habe eine Großtante, welche auf einem Bauernhof in Schafstädt wohne und dort einen Handel mit Lebensmitteln betreiben würde. Ilse hatte nie von der Tante gehört, aber in dieser Zeit gruben viele Menschen ihre bäuerliche Verwandtschaft wieder aus. Aus Rücksicht auf die Mutter hatte die Großmutter ihre jüngere Schwester samt Scheune und Schweinestall nie erwähnt. Im Nachlass aber fand Charlotte Emmi Teichmann ihren Stammbaum mit dem Hinweis auf die Verwandtschaft, die sich jetzt als Lebensretter erweisen könnte. Die Mutter kam auf die Idee, nicht nur Fleisch, Eier und Mehl für Brot, sondern auch lebende Hühner und Hasen von der Tante zu holen, um sich besser selbst versorgen zu können. Als Ilse vorschlug, auf die Fahrt zu verzichten, weil sie nebenan von Hedwig Meerschweinchen holen könnte, bekam die Mutter einen Anfall. Wer Meerschweinchen isst, könne auch gleich kleine Kinder schlachten, meinte sie. Hedwig dagegen war begeistert von den Tierchen, denn sie waren genügsam und wuchsen schnell. Die Freundin aß das Fleisch der Tiere ohne mit der Wimper zu zucken. Sie drehte sie durch den Fleischwolf, nahm das Gehackte und briet es in der Pfanne. Ilse fuhr mit der Mutter nach Schafstädt.

Gegen zwei Uhr in der Nacht verließen sie, jeder mit einem Rucksack, Ilse zusätzlich mit dem Koffer beladen, das Haus, liefen über Plagwitz bis nach Leutzsch. Dort sollte vier Uhr ein Zug über Bad Dürrenberg nach Halle fahren. Auf der Strecke in der Nähe von Schkopau gab es einen Abzweig über Bad Lauchstädt nach Schafstädt. Ilse hasst ihre Mutter bis heute für diesen Weg. In Leutzsch angekommen, schmerzten ihr bereits sämtliche Knochen. An den Schienen warteten Hunderte von Menschen, um in den einfahrenden Zug zu klettern. Der fuhr Richtung Halle. Aber er fuhr langsam. Sie stiegen mehrmals um und als sie glaubten, niemals mehr anzukommen, landeten sie am Nachmittag doch noch in Schafstädt. Sie fragten sich durch und fanden einen riesigen Bauernhof am Ende des Dorfes.

Der Koffer: Plötzlich klappte er auf. Die Eier fielen vor die Füße eines Transportpolizisten.

Die Besitzerin war Ilses Großtante. Die entpuppte sich als geschäftstüchtige Bäuerin. Wer hier mit wem verschwistert oder verschwägert sein sollte, interessierte sie nicht. Sie wollte nur sehen, was Ilse und ihre Mutter in dem Koffer und den Rucksäcken mit sich trugen, wollte wissen, was sie zum Tausch gegen Lebensmittel anboten. Alles musste schnell gehen und durfte nur in der Scheune verhandelt werden. Denn hinter dem Haus kamen immer wieder Lastwagen an. Russische Soldaten schleppten Säcke aus den Bauernhäusern. Einer trug eine

Kuckucksuhr über den Hof. Als der Holzvogel oben aus dem Türchen sprang, erschrak der Soldat, schmiss die Uhr auf den Boden und schoss so lange mit seiner Pistole darauf, bis kein Ton mehr zu hören war. Weil die Mutter nicht nur Schuhe, Bettwäsche, Serviettenringe und Parfüm eingepackt hatte, sondern auch die Manschettenknöpfe und die Uhr des Vaters, gab die Großtante ihr Weizenkörner, Eier, Speck, ein totes Huhn und einen Schinken. Die Uhr allerdings wollte die Mutter nicht einfach so hergeben. Es war eine goldene Taschenuhr. Die Mutter fragte nach einem lebenden Hasen. Die Großtante schüttelte den Kopf, ging aber in die Scheune, kam wieder, gab der Mutter ein Leinensäckchen voll Mehl. Ilse verstaute die getauschten Schätze in dem Koffer und den Rucksäcken. Den Speck und das Säckchen Mehl band sie sich unter ihrem Rock um den Bauch.

Weil an diesem Abend kein Zug mehr nach Leutzsch fuhr, übernachteten die Frauen im Wirtshaus des Dorfes. Die Gaststube war geschlossen, aber die Wirtin, die auf den Namen Schimpf hörte und gerade die Tischplatten mit einer Bürste scheuerte, ließ die Mutter und Ilse ein. Die zwei Zimmer, die sie für Übernachtungsgäste bereit halte, seien belegt, sagte Wirtin Schimpf, aber in der Gaststube könnte man ebenfalls wunderbar schlafen. Seit sie kein Bier mehr ausschenke, würde hier ständig jemand nächtigen, Flüchtlinge oder Leute aus der Stadt, die ihren Plunder mit den Bauern gegen Lebensmittel eintauschen wollten. Der Fußboden war blankgewienert. Als sich Ilse auf dem Boden niederlassen wollte, sagte Frau Schimpf, es wäre sicherer, auf einem der Tische zu schlafen. In dem Zimmer lief ein Hund hin und her. Es war ein schwarzer Schäferhund. Er war wie der Tiger im Käfig des Leipziger Zoos, erinnert sich Ilse. Er stand nie still, lief zwischen der Tür

und dem Tresen immer hin und her. Wenn ein Mensch eintrat, blieb er kurz stehen. Er bellte nicht, er starrte die Leute nur an, dann lief er wieder hin und her. Ilse und die Mutter schoben sich zwei Tische zusammen, um darauf zu schlafen. Es kamen noch mehr Gäste an diesem Abend. Sie schliefen alle auf Tischen. Auf den Stühlen standen Rucksäcke und Koffer. Als Ilse endlich begann, in den Schlaf zu finden, hörte sie, wie der Hund durch die Gaststube schoss, als würde er Katzen jagen. Dann wurde es still und sie hörte ein Schmatzen und Knacken. Es hörte sich an, als würde jemand essen. Mitten in der Nacht. Dann war wieder Ruhe. Plötzlich hörte Ilse wieder das Schmatzen und Knacken. Ilse bekam Hunger. Sie beugte sich nach oben, um zu sehen, wer da was, mitten in der Nacht, zu sich nahm. Sie sah nichts. Alle schienen zu schlafen. Dann sah sie den schwarzen Schäferhund. Er lief nicht mehr hin und her. Er hockte in einer Ecke. Zwischen seinen Zähnen zerknackte er etwas. In der Dämmerung sah Ilse, dass der Hund eine Ratte fraß. Als Ilse am nächsten Morgen erwachte, lief der Hund von der Tür zum Tresen. Dort erbrach er sich, wand sich am Boden und stand nicht mehr auf.
Am Mittag des nächsten Tages kamen die Frauen mit dem Zug in Leutzsch wieder an. Schon von weitem hörten sie Geschrei. Einer der Mitfahrer sagte, dass die Transportpolizei schwarz gehandelte Ware sofort konfiszieren würde. Ilse sprang vom Zug, die Mutter folgte ihr. Sie rannten über die Schienen, rannten zur Straße, rannten zu einem Haus und versteckten sich dahinter. Sie warteten, hörten ein Geräusch und merkten, dass nichts geschah. Als alles still blieb, kamen sie hervor. Da ging der Motor eines Autos an, Ilse sprang zur Seite, der Rucksack blieb an dem Pfahl eines Zaunes hängen und riss auf. Das Huhn und die Weizenkörner fielen raus. Plötzlich klappte der

nur mit Bindfaden zugebundene Koffer auf. Die Eier fielen vor den Füßen eines Transportpolizisten auf das Pflaster. Der sagte kein Wort, schaute die Frauen nur an, nahm das Huhn, stieg in das Auto und fuhr davon. Die Mutter kratzte die Körner vom Boden, die Eier waren alle zerbrochen. Als die beiden endlich zu Hause angekommen waren, schnürte Ilse in der Küche den Speck und das Leinensäckchen mit dem Mehl von ihrem Bauch und legte alles auf den Tisch. Die Mutter nahm das Säckchen, öffnete es, roch daran, kostete, sah Ilse an und kippte alles auf den Boden. Ilse bückte sich, leckte ihren rechten Zeigefinger an, stupste damit in das weiße Pulver, kostete. Es war weißer Kalk, mit dem die Großtante die Ställe weißte. Ilse könnte heute nicht mehr sagen, wie oft sie noch nach Schafstädt fuhr. Aber sie wusste jetzt, dass der Schein meistens trügt und dass Verwandtschaft nicht vor Betrug schützt.

Die Hochzeit

Folge 7

Ilse Bähnert sitzt im Sessel, das Telefon auf den Knien. Sie war eingenickt. Jetzt schreckt sie hoch. „Das blöde Viech, das geht mir nich ausm Koppe. So en Rattenhund habsch nie wieder gesehen. Wie der dort vor dem Tresen ...“. Ilse schüttelt sich. Noch Jahre nach dem Krieg wurde ihr regelmäßig schlecht, wenn sie einem Hund begegnete. „Es gibt Bilder im Traum, die krischt mr nich mehr los.“ Heute ist das mit den Tieren was ganz anderes, denkt Ilse. „Dr Hund von der Opitzen aus der Fünfe is ja e ganz feiner Pinkel. Den würde nisch mal ne Ratte angucken.“ Der Pudel wird nur mit fettfreiem, frisch abgewogenem Fleisch gefüttert. Das holt Frauchen extra vom Fleischer und richtet es, leicht angebraten in italienischem Olivenöl, auf einem Teller mit Petersilie an. „Aber zu der ihrm Geburtstag, da gabs für de Gäste de Ananässer aus der Büchse unds Fleesch war Gefrostetes ausm Lidl.“ Dabei muss der Kunde heute so vorsichtig sein mit dem, was er kauft, denkt Ilse. Nicht immer ist in den Büchsen wirklich drin, was draufsteht. „Wenn rauskommt, was da rein kommt, da kommen die Büchsenmacher dort rein, wo die nie wieder rauskommen“, sagte Herbert manchmal, wenn er seinen Durst mit der ploppenden Schnappverschlussflasche stillte. Der Opitz-Hund, ganz genau genommen ein Apricot-Pudel, wird auch gebadet und geföhnt, bis seine Locken im rechten Winkel zum Körper stehen. „Hätte die sich ma um ihrn Sohn so gekümmert wie um das blöde Viech, da wär der nich in dr Gosse gelandet“, sagt Ilse und stellt das Telefon auf den Tisch zurück. Als die Nachbarin Ilse kürzlich erzählte, dass der Pudel mit in ihrem Bett schläft, hatte sie den Hund auf dem Arm und der schleckte mit seiner Zunge die Wange des Frauchens ab. „Ich konnte es schon als junges Mädel ni leiden, wenn der Herbert mir mit seiner feuchten Gusche e Kuss geben wollte“, sagt Ilse. „Aber eene leckende

Pinscherzunge mitten im Gesichte, das is doch pervers. Aber zur Opitzen passt das." Verrückt könnte Ilse werden, wenn sie die Hundefrau auf der Straße trifft und der Kläffer sie anspringt. Fast bis zum Hals springt der hoch, so als würde unter seinen Pfoten das Pflaster glühen. Und der bellt, dass es von den Häuserwänden schallt, als würde einer im Sekundentakt mit einem Hämmerchen auf eine leere Blechtonne schlagen. „Der dud nischt, sacht de Opitzen dann immer. Der dud nischt, der will nur spieln ... Aber ich nich! Das würdsch der gern ma entgechen blääken", sagt Ilse. Sie steht auf, geht aus der Stube zurück in die Küche.

Auf dem Tisch liegt das angefangene Testament. Ilse setzt sich, nimmt den Kugelschreiber wieder in die Hand. „Was habsch denn eechentlich bis jetzt geschrieben?", fragt sie sich und liest: „Ich, Ilse Marie Bähnert, geboren am 13. August 1925 in Marienbrunn an der Märchenwiese Rumpelstilzchenweg Nummer 7, verfüge hiermit ..." Viel ist das noch nicht, denkt Ilse. „Aber de jungen Leute von heute, die ham doch ooch alles. Würden die denn noch nehm, was

Die Zeit: Alles ändert sich, auch die Hunde, aber die Treue zu Sachsen bleibt.

von uns Alten übrig is?“ Früher hat sich jeder über die kleinste Kleinigkeit gefreut, denkt Ilse. Heute müssen die Leute an ihre Häuser Lagerhallen anbauen, weil die Kinderzimmer so voll gestopft sind, dass man die Kinder nicht mehr findet. „Lieber schön und reich als arm und hässlich“, sagte Herbert manchmal, wenn er mehr Durst hatte als er denken konnte. Dabei geht es vielen Leuten schon gar nicht mehr darum, etwas zu besitzen, sondern sie wollen nur kaufen, denkt Ilse. „Die Erotik des Alters is das Essen. De Erotik des Wohlständlers is das Schoppen.“ Einholen sagt ja heute keiner mehr. Das klingt so, als würde einer in der HO Milch holen, denkt Ilse. Heute geht der Mensch bummeln. „De jungen Mädels streunen durch de Läden wie mir früher über ne Frühlingswiese. Die pflücken de Kleidchen vom Ständer wie mir einst de Blumen gesammelt ham.“ Es sagt auch keiner mehr Kaufhalle oder Kaufhaus, sondern man geht in den Supermarkt, die Galerie, in eine Passage mit Gleisanschluss wie dem Hauptbahnhof in Leipzig, denkt Ilse. Manche Läden haben auch Namen, die kein Sachse aussprechen kann. „Zu dem Walmart geh ich gar nisch erscht hin. Nich weil der zu weit weg is, sondern weil de Auswahl zu groß is. Für en Markt fehlt den einfach mal das K oder is das och eine Form der neuen Reform der neuen Rechtschreibnorm? Und wenn ich wirklich einen Wal koofen will, was selten genuch vorkommt, da geh ich off n Fischmarkt, wo die Bläākschweine aus Hamburg komm. Und wenn ich wirklich de Wahl hätte, dann würd´ ich in Konsum gehn, aber dort is mirs zu teuer“, sagt Ilse. „Und bei de Nahm kommsch ooch immer mehr durschenander. Da hab ich schon mal bei Peek und Cloppenburg ne Torte verlangt und bei Coppenrath und Wiese ne Bluse bestellt. Beim Duglas kann mr wenigstens der Nase nachgehen. Aber da gehst de rein und findest nie wieder naus. Und so blöd, um in den Mediamarkt zu gehen, kann man gar nich sin.“ So hörte es Ilse jedenfalls mal im Radio, als die Werbung lief. Meistens stellt sie das Radio aber gar nicht erst an. „Da verpasst mr nicht. Überall dasselbe Gedudel“, sagt Ilse.

„Mir hatten damals nachm Kriech ja nu gar nischt“, murmelt sie vor sich hin. „Ich hab mir de Hacken abgeloofen für de Esserei. Aber das Nächste war ja glei, was zum heizen zu finden.“ Der Winter 1946 war einer der kältesten, den sie je erlebt hat, erinnert sich Ilse. Wurde in Marienbrunn zur Eröffnung der Siedlung die Zentralheizung für das gesamte Haus als Fortschritt gefeiert, erwies sich diese Neuerung in den Wintern der Nachkriegszeit als absoluter Reinfall. So viel Kohle oder Holz war einfach nicht zu beschaffen, um alle Zimmer warm halten zu können. Ilse erinnert sich, wie sie damals auf die Idee kam, dass im Keller ihrer Schule, im Zimmer des Hausmeisters ein kleiner Kanonenofen stand, den sie sich borgen könnte. Schließlich war die Schule geschlossen. Gemeinsam mit Hedwig fuhr sie eines nachts mit einem Leiterwagen zu dem Gebäude. Sie kletterten durch ein offenes Fenster in den Keller und schleppten den Ofen heraus. Sie fuhren ihn zum Rumpelstilzchenweg, stellten ihn in die Küche. Hedwig sägte ein Loch in die Tür und schob das Ofenrohr nach außen. Ilse rannte in der Zeit zurück in die 28. Schule nach Stötteritz. Im Keller hatten sie alte Holzstühle entdeckt, die sich wunderbar verbrennen ließen. Da auch Hedwig Bedarf an den, wie sie es nannte, Feuerstühlen hatte, waren die schnell verbraucht. Hedwig schlug vor, auch die Bücher, die sie in der Schulbibliothek fanden, zu verbrennen. Diesmal wäre es das gute Recht der Feldgendarmerie gewesen, Ilse einzusperren, denn die jungen Frauen stahlen zentnerweise Bücher aus der Schule. Ilse allerdings verbrannte kein einziges davon. Sie las. *„Damals habsch meine Liebe zu dem gedruckten Zeuch entdeckt"*, sagt Ilse. Auch die Mutter war dankbar für den unverhofften Büchersegen, denn sie lag nur noch auf dem Sofa, das Ilse in die Küche des Hauses im Rumpelstilzchenweg geschoben hatte. Seit ihrem Ausflug nach Schafstätt stand die Mutter nicht mehr auf. Sie behauptete, sie wäre todkrank, ihr Herz könne mit den Zeiten nicht mehr Schritt halten.

Das Haus im Rumpelstilzchenweg füllte sich indes mit gestohlenen Büchern, überall stapelten sich die Bände. Der Dachboden sah inzwischen aus wie eine kleine Bibliothek. Dabei handelte es sich keineswegs ausschließlich um Romane, sondern vor allem um einen Fundus an naturwissenschaftlichen und historischen Werken sowie Lexika, mancher Band mehrere Kilo schwer. Der Neue Brockhaus in 30 Bänden mit Atlas hätte die Küche vermutlich mehrere Tage warm gehalten. Aber Ilse beharrte darauf, kein einziges bedrucktes Blatt zu

Das Elternhaus: Auf dem Dachboden entstand eine kleine Bibliothek.

vernichten. Vielmehr liebte sie es, die Seiten umzublättern, die Bilder zu betrachten. Nächtelang saß sie bei Kerzenschein, eingewickelt in eine Decke, und las. Eine Entdeckung zwischen den vielen Stapeln ließ Ilse nicht mehr los. Sie las es wieder und wieder und kann viele der Zeilen bis heute aus dem Kopf vortragen. Dabei war das entdeckte Buch nicht mehr als ein dünnes Heftchen mit dem Titel „Säks´sche Balladen" von Lene Voigt. Ilse hatte bis dahin keine Ahnung, dass von Tante Lene auch Bücher erschienen waren. Hinten in dem Buch steckten Ausschnitte gedruckter Gedichte der Mundartdichterin, die aus der „Neuen Leipziger Zeitung" und der Wochenschrift „Der Drache" stammten. Die meisten der Gedichte waren in Sächsisch geschrieben. Aber nicht alle. Es gab auch Geschichten auf Hochdeutsch. So sprach Tante Lene immer, wenn sie zu Besuch nach Marienbrunn kam, glaubt sich Ilse zu erinnern. Nur wenn sie vorlas, verfiel sie in den Dialekt, aber dann so heftig, dass ein Fremder kein Wort verstanden hätte.

„Wer heutzutache noch e Buch hat, is ja von vorgestern", sagt Ilse. „De jung Leute reden ja nich ma mehr mitnander. Die ham diesen Telefonknochen zwischen de Finger und drücken sich mit den Druckbuchstaben aus. Da gibt's gar keene vollständschen Sätze mehr. Wenn von den eener ma en schönen Ausduck in Deutsch hat, dann kommt der ausm Drucker." Ilse sieht es beim Friseur, wie sich die Zeiten geändert haben. Ganz früher schnitt ihr die Mutter die Haare. Das dauerte fünf Minuten. Später ging Ilse aller vier Wochen, mittwochs 16 Uhr, in die PGH Neue Linie. Das dauerte eine Stunde. Ilse wurde bis zu ihrem 65. Geburtstag von Frau Krätzschmar bedient, die stets einen grünen Kittel trug. Frau Krätzschmar wartete bereits, stand hinter dem roten Ledersessel, einen Fuß zum Hochpumpen auf der Pedale und fragte: Wie immer? Und es war wie immer: waschen, schneiden, wickeln, trocknen. Beim Waschen musste sie sich nach vorn in das Waschbecken beugen, dann band ihr Frau Krätzschmar eines dieser grauen Handtücher mit den eingeflochtenen roten Punkten um den Kopf, drückte Ilse nach oben und ihr lief das Schaumwasser hinten am Hals in den Kragen. Beim Trocknen saß Ilse unter einer Haube mit langen Eisenstangen. Wie die Arme einer kranken Krake bogen sich die durchlöcherten Metallstreben über die Lockenwickler. Unter der Haube war es entweder grundsätzlich zu heiß oder grundsätzlich zu kalt, und grundsätzlich so laut wie an der Ostsee, wenn der rote Sturmball ganz oben hängt, denkt Ilse. Aber gelesen hat sie unter der Haube immer mindestens drei Kapitel eines Buches. Zum Schluss gab es in die Locken eine Art Tonikum, das so roch wie heute die Luftverbesserer auf den Bahnhofstoiletten.

Jetzt heißt der gleiche Laden New-Line und als Ilse das erste Mal hineinging, kam eine Britney lächelnd bis an beide Ohren im bauchfreien Blüschen auf Ilse zugestürmt und fragte: Was kann ich für sie tun? „Das klang als würde sie sagen: kannsch für s i e noch was tun?", sagt Ilse. Dann führte ein George, der nur auf den Namen Sandy reagierte, Ilse zum elektronischen Stilberater. Das war ein Computer in der Ecke, der dem eigenen Kopffoto auf dem Bildschirm verschiedene Haare aufsetzte. Rote, grüne, lange, kurze, mit und ohne Strähnchen. Nur Ilses Frisur war nicht dabei. Aber Ilse ließ sich gern beraten. Das dauerte zwei Stunden. Sie hörte lange zu, als Sandy ihr empfahl, die Highendkur mit Sensetive-Schubpower zu nehmen oder sich besser mit Star-Headcreme auf ätherischer Asienbasis von der gläsernen Bayern-Uschi oder vom wandelnden Werbetrommler Franz Kaiser Beckenbauer zu pflegen. Ilse sagte dann: Wie immer, bitte. Da schlenderte Sandy weg, gab

Britney ein Zeichen, die nahm das Telefon, wählte und sagte: „Oma kannst du noch e ma kommen, de Frau Bähnert is da." Seitdem kommt Frau Krätzschmar, hat Ilse einen Termin, von oben aus ihrer Wohnung, zieht die grüne Schürze an, geht mit Ilse in ein Hinterzimmer, wäscht, schneidet und wickelt ihr die Haare so zurecht wie immer. Dann darf sie wieder nach vorn, wo der Hairhotwindshower steht. Die Haare werden dort so schnell trocken, dass es sich nicht mehr lohnt, ein Buch auch nur aufzuschlagen, geschweige denn ein Kapitel zu lesen.
Ilse erinnert sich plötzlich daran, dass letztlich der Bücherdiebstahl zu Leipzig daran schuld war, dass sie den Mann kennenlernte, der ihr Leben gründlich verändern sollte. Denn die Weigerung, die entwendete Literatur zu verheizen, hatte fatale Folgen. Als alle erreichbaren Äste und zum Teil ganze Bäume in der näheren Umgebung abgesägt waren, blieb Ilse zunächst nichts anderes übrig, als im Dunkeln zum Südfriedhof zu gehen. „Ich hab de Kränze von den Gräbern gemaust, um den Ofen zu heizen", sagt Ilse. „Das war e eenzches Theater mit dem toten Schmuck. Das hat gequalmt wie de Esse vom Kremadorium." Zum Glück war die Kranzbrennzeit von kurzer Dauer. Es schienen noch mehr Leipziger auf die Idee gekommen zu sein, dass Grabschmuck besser brennt als Zunder. Der Südfriedhof war nach einer Woche komplett von sämtlichen Gewinden und Zweigen, die auf dem Boden lagen, befreit. Ilse erzählte Hedwig bis heute nichts von der Grabschändung. Aber als Ilse damals erfuhr, dass auf dem Bayerischen Bahnhof ein Zug mit Kohlen ankommen sollte, gingen sie gemeinsam hin. Auf ihren Rücken schulterten sie je zwei Rucksäcke und liefen gegen fünf Uhr am Morgen zum Bahnhof, weiß Ilse noch genau. Es war eisig kalt. Dunkle Gestalten huschten über die Gleise. Auf Bahnsteig drei stand der Kohlezug,

bewacht von Transportpolizisten. „Mir ham geschloddert wie Espenlaub", sagt Ilse. Als sie auf einen der Güterwaggons kletterte, setzte sich der Zug plötzlich in Bewegung. Hedwig hörte, wie die Kupplungen der Hänger klackten. Ilse schmiss oben von dem Haufen Kohle zu Hedwig runter. Die steckte die Briketts in ihren Rucksack. Die Räder des Zuges begannen sich langsam zu drehen und quietschten. Ilse warf weiter Kohlestücke zu Hedwig, die rief: „Komme du nunter, der Zuch fährt ab!" Ilse schmiss weiter. „Komme nunter", rief Hedwig. Ilse wollte nur noch wenige Stücke zu ihrer Freundin werfen und dann abspringen. „Du sollst nunter komm", rief Hedwig. Ilse blickte nach unten. Der Zug hatte inzwischen gewaltig an Fahrt gewonnen. Sie wollte jetzt springen, aber der Zug war zu schnell. Ilse hängte sich an die Seite des Wagens und dachte, sie könnte es so noch schaffen, abzuspringen. Aber der Zug war zu schnell. Hedwig war längst nicht mehr zu sehen. Ilse zog sich wieder nach oben, setzte sich auf die Kohle. „Ich hab gedacht, der Zug wird bestimmt glei wieder halten." Sie füllte ihre Rucksäcke mit Kohlestücken, aber der Zug hielt nicht an. Ilse sah die Bahnsteigschilder von Markkleeberg, von Großdeuben, von Böhlen, Neukieritzsch und Deutzen an sich vorüberziehen. Sie hockte auf der Kohle, sie fror entsetzlich. „Ich hab gedacht, ich gefriere", sagt Ilse. In Treben, kurz vor Altenburg, hielt der Zug. Ilse wollte von dem Waggon klettern, aber sie konnte ihre Hände nicht mehr bewegen, sich nirgends festhalten. Sie schob die Rucksäcke mit den Füßen auf die Kante, stieß dagegen, so dass beide nach unten fielen, sie wälzte sich über die Kohle, setzte sich auf die Kante und ließ sich wie die Rucksäcke nach unten fallen. „Wennsch dort liechen gebliebn wär, wär das der Tot of Raten gewesen", sagt Ilse. Aber sie stand auf, nahm einen der Rucksäcke. Den zwei-

ten wollte sie ebenfalls auf den Rücken heben, schaffte es aber nicht, ließ ihn neben den Gleisen liegen. „Keene Ahnung, wo ich de Kraft hergenommen hab." Manchmal hat man keine Kraft, aber einen Willen, denkt sie. „Ich wollte dort in Altenburch neben den Gleisen nich abkratzen."
Ilse lief los, sie lief, wollte zurück nach Leipzig, hatte nichts bei sich außer dem Rucksack mit den Kohlen. Aber der war Gold Wert, er musste nach Marienbrunn. Ilse lief eine Straße entlang, die nach Leipzig führen könnte. Es war eine große Straße. Als sie plötzlich hinter ihrem Rücken ein Motorrad hörte, rannte Ilse, sprang in den Straßengraben, legte sich flach auf den Boden. Der Rucksack zog an ihren Schultern, die elendig schmerzten. Das Motorrad hielt. Ein Mann stieg ab. Ilse hört noch heute das Knattern des Motors und das Schlagen ihres Herzens. „Kann ich sie mitnehmen?", fragte der Mann. Ilse schaute nach oben. Der Mann hatte einen langen Uniformmantel an, aber es fehlten die Schulterstücke und die Knöpfe. Der Mantel war mit einem Gürtel zugeschnürt. Es waren keine Abzeichen zu sehen, keine Armbinden, keine Gürteltasche. Der Mann trug eine Ledermütze tief über die Stirn gezogen. Seine Stiefel waren brüchig, die Spitzen vereist. „Soll ich sie nun mitnehmen?", fragte er. Ilse stand auf, der Mann reichte ihr die Hand, zog sie auf die Straße. „Leipzig?", fragte Ilse. Er nahm ihr den Rucksack ab, legte ihn in den Beiwagen des Motorrads. „Hinten drauf", sagte er. Sie setzte sich auf den hinteren Sitz. Noch heute denkt sie daran, dass der Sitz sehr hoch war, man über den Kopf des Fahrers hätte schauen können, es aber nicht tat, weil der Wind eisig ins Gesicht wehte. Sie duckte sich hinter den Rücken des Mannes. Es war ein gutes Gefühl, spürt Ilse noch heute, wenn sie daran denkt. Sie fuhren ohne anzuhalten, bis Ilse das Ortseingangsschild von

Leipzig sah. Der Mann hielt an. „Leipzig, hier Leipzig", sagte er und lächelte. An seinem Kinn und seinen Augenbrauen hing Eis. Ilse stieg ab, wollte den Rucksack aus dem Beiwagen nehmen. „Wohnen Sie hier am Ortseingangsschild?", fragte der Mann. „Nee, in Marienbrunn", sagte Ilse. „Nie gehört", sagte der Mann. „Is nich mehr weit", sagte Ilse. „Aufsteigen!", sagte der Mann. „Auf die linke Schulter klopfen, wenn es links rum geht, auf die rechte, wenn es rechts rum geht, auf beide, wenn ich halten soll." Nach einer Viertelstunde stand das Motorrad mit dem Mann, Ilse und den Kohlen im Rumpelstilzchenweg Nummer 7. Ilse stieg ab. „Danke", sagte sie. Der Mann gab ihr den Rucksack aus dem Beiwagen. „Kohlen?", fragte er. „Kohlen", sagte Ilse. Dann standen sie da. Ilse ging nicht ins Haus. Der Mann stieg nicht auf sein Motorrad. „Besser Kohlen im Rucksack als gar kein Geld", sagte der Mann, dann zog er den Handschuh von der rechten Hand, streckte ihn Ilse entgegen, sagte: „Herbert." Ilse lächelte, sagte: „Ilse. Willste dich kurz offwärm?"

Beide gingen ins Haus, setzten sich in die Küche, wo auf dem Sofa die Mutter schlief. Herbert nahm die Asche aus dem Ofen, schaffte sie raus in den Garten, kam zurück, zündete mit einem Benzinfeuerzeug Papier an, warf es in den Ofen, legte einen Scheit Holz oben drauf, wartete. Dann nahm er ein Stück Kohle aus dem Rucksack, wickelte es in ein Stück Papier ein, legte es in das Feuer. Er schloss den Ofen, setzte sich wieder. „Schön hier", sagte er. „Ja", sagte Ilse. Sie nahm einen Topf und stellte ihn auf den Ofen. „Kohlsuppe?", fragte Herbert. „Kohlsuppe", sagte Ilse. „Wer sich die Suppe eingebrockt hat, der muss sie auch auslöffeln", sagte Herbert. Er saß in seinem langen Mantel auf dem Stuhl. „Ich glaube, ich bin jetzt fast zu Hause", sagte er. „Wo kommste denn her?", fragte Ilse.

„O Gott, frag bloß nicht", sagte Herbert. Dann rutschte er auf seinem Stuhl in sich zusammen und schlief ein. Ilse nahm sich einen Teller von der Kohlsuppe. Dann stellte sie den Topf draußen neben der Garderobe auf eine Treppenstufe. Sie schaute auf die Kurbeln an den Fenstern und musste daran denken, wie sie als Kind daran drehte. Die Fensterläden gingen auf und zu, sie stellte sich vor, wie das Haus über der Märchenwiese flog, ein Vogelhaus, ein Luftschloss. „Wie lange is das schon wieder her", sagte sie. „Aber es scheint immer einen neuen Anfang zu geben, ooch wenn das Ende schon zu sehen is", sagte sie damals. Dann setzte sich Ilse auf das Sofa neben ihrer Mutter, legte die Beine auf einen Stuhl und schlief ein.
Zuerst schwieg Herbert, wenn Ilse ihn fragte, wo er herkam. Kein Wort über das Motorrad, kein Wort über die Uniform, kein Wort über den Krieg. Was war, ist vorbei, sagte Herbert. Jahre später fing er an, Ilse kleine Geschichten zu erzählen. Einmal habe er Heimaturlaub bekommen. Ein einziges Mal. Eine Gans hätte er mitbekommen. Wofür er sie bekam, sagte er nicht. Die Gans legte er im Zug unter den Sitz. Als sich nach ein paar Stunden die Kameraden beschwerten, weil die Gans, die vor der Heizung lag, anfing zu stinken, nahm er das Federvieh und hängte es zum Fenster raus. Den Hals klemmte er zwischen das Fenster und den Rahmen. Nur der Kopf schaute noch in das Zugabteil. Draußen vor der Scheibe baumelte die Gans. Nachts fuhren sie durch Polen. Nachts schliefen alle im Zug. Einmal hätte der Zug in dieser Nacht gehalten. Ein einziges Mal. Als Herbert erwachte, fuhr der Zug, aber die Gans baumelte nicht mehr vor der Scheibe. Nur der Kopf schaute noch in das Zugabteil. Am Hals wäre ein sauberer Schnitt gewesen, die Polen waren das, sagte Herbert. Das war die erste Geschichte. Es kamen andere hinzu.

Die Marke: Wegen des Verdachts auf Hochverrat kam Herbert in die 999.

Dass er im Heimaturlaub in der Lausitz geblieben sei, sagte Herbert, weil er in der Weberei des Vaters helfen musste. Dann haben sie mich geholt, sagte er, geholt ins Bataillon 999, zweiter Zug, zweite Kompanie. Das Bataillon sei kein gewöhnliches gewesen, erzählte er. Gelernt hätte er als junger Mann bei seinem Vater in Herrnhut, ja, dort wo die Sterne herkommen, Ort der Brüdergemeine, 343 Meter über dem Meeresspiegel. Er wäre Schneider, sagte er. Und das Bataillon sei ein Strafbataillon gewesen. Jahrelang habe er bei seinem Vater in der Weberei mitgearbeitet. Dann haben sie mich geholt. Wegen des Verdachts auf Hochverrat sei er in die 999 gekommen. Dabei habe er in Herrnhut nur Stoffe fertig machen wollen. Der Vater hätte ihn gebraucht in der Weberei, weil er krank war. Mit seinen Kameraden hätte er an der russischen Front als Kanonenfutter gedient. Er wolle nie wieder zurück nach Herrnhut, sagte Herbert. Dort werden sie ihn wieder an die

Front schicken. Dabei war der Krieg längst zu Ende. Aber Strafbataillone gibt es immer noch, sagte Herbert. Nur die Soldaten gibt es nicht mehr. Warum es Herbert noch gibt, traute sich Ilse nie zu fragen. Er habe seinen Kameraden die Hemden geflickt, er habe die kaputten Uniformen genäht. Einen Schuss habe er nie abgefeuert, denn im Strafbataillon 999 hatten die Soldaten keine Gewehre. Sie hatten gar nichts, sagte er. Keine Schulterstücke, keine Dienstgrade, keine Rechte. Sie hätten Schützengräben ausheben müssen mitten im Winter, mitten auf einem riesigen Feld. Einmal, als er seinen Durst kräftig gestillt hatte, erzählte er von Partisanen. Und er erzählte von einer Frau, einer russischen Frau. Er erzählte die Geschichte immer wieder, aber jedes Mal anders. Überhaupt erzählte er alles jedes Mal anders. Ilse konnte es nicht mehr hören, wenn er erzählte, wie er in dieses Holzhaus gegangen sei, wie er die Frau gesehen hätte, wie sie sich umarmten. Oder wenn er erzählte, dass die Frau aus einem Erdloch gekrochen kam und ihn umarmte. Jedes Mal war es anders, nur umarmt haben sie sich immer. Irgendwann wolle er nach Russland, um zu sehen, was aus der Frau geworden sei. Erschossen hätten sie die Frau, sagte er ein anderes Mal, und Ilse wollte von der Geschichte nichts hören. Aber Herbert erzählte die Geschichte immer wieder. Wie er vor den Partisanen flüchtete und wie er mitten im Wald das Holzhaus sah, wie er die Frau traf, wie er sie umarmte, wie sie erschossen wurde und dass er sie so gern wiedersehen würde. Er müsste ihr noch etwas sagen. Die Partisanen hätten sie erschossen, eine russische Frau, weil er sie umarmt hatte. Ilse hasste diese Geschichten, weil sie sie immer wieder und wieder und wieder hören musste, weil sie nicht wusste, ob sie wahr waren oder ob Herbert sich das alles nur ausgedacht oder irgendwo gelesen hatte. Der Herbert hat die Wahrheit

erfunden, denkt Ilse. Sie bat ihn, damit aufzuhören. Aber Herbert konnte nicht aufhören. Er konnte nicht aufhören, die Geschichten aus dem Krieg zu erzählen. Keiner konnte das.
Ilse blickt auf ihr Testament, will weiterschreiben. Da steht sie plötzlich auf, holt sich aus dem Schlafzimmerschrank eine Strickjacke, dann geht sie in den Flur, nimmt vom Schlüsselbrett den Kellerschlüssel, zieht sich die karierten Kamelhaar-Pantoffeln aus und die Straßenschuhe an, öffnet die Tür, schließt sie wieder hinter sich und steigt langsam die Stufen nach unten. „Hoffentlich kommt de Döring nich aus ihrer Kämmenade. Das geht die gar nischt an, was ich im Keller mache", sagt Ilse. „Wie das hier wieder aussieht? Müsste einer ma de Hausordnung machen." An der Haustür angekommen, sieht Ilse neben den Briefkästen auf den Kalender, um festzustellen, wer die Hausordnung machen müsste. „Nu glar, de Döring is dran, nu glar, da wersch glei mal klingeln." Aber Ilse lässt es sein. „Ich hab gar keene Zeit, hier rumzuopern, ich muss mei Testament schreiben." Sie geht noch eine Treppe hinunter in den Keller, schließt die Holzgittertür ihrer Kammer auf, läuft zu dem Regal mit den Marmeladengläsern, nimmt fünf Stück herunter. Dahinter steht die Kiste mit der Aufschrift „H. Bähnerts S-Archiv". Ilse sagt: „Was der da drin had?" Sie zieht die Kiste nach vorn, hebt sie runter. „Mei lieber Herr Gesangsverein … die is gar nich so schwer, wie ich dachte." Ilse nimmt die Kiste, geht aus der Gitterkammer raus, schließt die Tür, läuft die Stufen wieder nach oben. Als sie am Briefkasten vorbeigeht, zieht sie aus einem der Kästen eine Zeitung raus, klemmt sie sich unter den Arm und geht nach oben in ihre Wohnung. „So e Glück, de Döring is nich Daheeme." Ilse stellt die Holzkiste auf den Küchentisch. „Wie krieg ich das Ding jetzt off?" Vorn an der Kiste hängt ein Vorhängeschloss. Ilse weiß nichts von einem

Schlüssel. „Ich hab mir vom Herbert alles angeguggt als der tot war, e Schlüssel war da nich dabei.“ Sie hebt die Kiste an, schaut unten drunter. Da klebt, mit durchsichtigem Klebeband befestigt, der Schlüssel am Boden. „Saddam und Gomorra, das is nich zu fassen“, sagt Ilse. Sie muss jetzt an einen von Herberts Sprüchen denken. „Am Fuße des Leuchtturmes ist es am dunkelsten“, sagte er manchmal, wenn ihn sein Durst zwang, Flaschen zu verstecken.

Angestoßen hat der Herbert schon immer gern, erinnert sich Ilse. Erst ist es Ilse nicht aufgefallen, weil er immer unterwegs war. Herbert bekam Anfang 1953 in Dresden eine Arbeit als Schneider. Ein früherer Kollege aus Herrnhut hatte die ihm versorgt. Ilse zog mit an die Elbe. Als sie am späten Vormittag des 17. Juni, einem Mittwoch, mit Sack und Pack auf dem Dresdner Hauptbahnhof ankamen, bereuten sie den Umzug. Menschen rannten durch die Hallen und schrien, Russen-Panzer würden durch die Stadt rollen. Ilse und Herbert wollten zum Postplatz, dort waren sie mit dem Kollegen aus Herrnhut verabredet. Aber es war kein Durchkommen. Menschenmassen versperrten den Weg. Plötzlich legte ein Mann die Hand auf Herberts Schulter. Der Kollege aus Herrnhut schrie Herbert an, er solle mitkommen, man müsse sich doch wehren. „Die schnürn uns de Kehle zu mit ihrer Normtreiberei. Ausgebeutet wurd mr schon genuch“, sagte er. Herbert stellte sich kerzengerade vor seinen Kollegen, sagte: „Hört auf, ihr löscht euer Feuer mit Benzin.“ Er nahm Ilse an die Hand, sagte: „Schnell weg, bevor das dicke Ende kommt.“ Herbert lief schnell, sehr schnell. Er spuckte auf den Fußweg und fluchte. Ilse verstand es nicht. Warum kann es keine Ruhe geben? Immer geschieht etwas, immer steht man dazwischen und versteht die Welt nicht mehr, denkt Ilse. Am nächsten Tag schien es so zu sein

wie immer, nur viel schlimmer. Herbert strich mit Farbe über die Wände in der neuen Wohnung. Das muss man alles einfach übertünchen, dann sieht man die Risse im Gemäuer nicht, sagte er und stillte seinen Durst mit Bier. Am Abend, als es dunkel wurde, sah alles wie neu aus. Ilse vergaß, wie es unter der Farbe aussah.
Ihre erste Arbeit in Dresden fand Ilse als Kellnerin in der Milchbar am Schillerplatz. Zu ihrem 30. Geburtstag, am 13. August 1955, eröffnete die kleine Gaststätte in der Nähe des Schillergartens. Im gleichen Jahr heiratet Ilse ihren Herbert. Ihr klopft das Herz ganz schnell, wenn sie an das schöne Kleid denkt und den Smoking vom Herbert. Beides hatten sie sich aus dem Fundus von der Dresdner Operette in Leuben ausgeliehen. „Und der Hut, den ich off hatte – e eenzches Gedicht", sagt Ilse. Sie fuhren mit der Straßenbahnlinie 2 die Loschwitzer Straße lang, stiegen am Waldpark aus, liefen Arm in Arm zum Standesamt in die Goetheallee. „Enne Villa war dass, wie aus tausend und eener Nacht", sagt Ilse. Nach der Trauung liefen sie zu den Elbwiesen hinunter, sahen am Himmel die Segelflieger. Seit dem 1. Mai 1953 starteten die schon wieder, erzählte ihnen ein Spaziergänger und gratulierte zur Hochzeit. „Sechsnzwanzsch Jahre flochen von dr Elbwiese de Sechelflieger über Striesen, Blasewitz und Loschwitz, dann wars vorbei", glaubt Ilse sich zu erinnern. Am Hochzeitstag kreiste über ihnen das Flugzeug „Baby II b". Ilse schaute nach oben, sagte: „En Eins-A-Baby würde schon reichen." Herbert legte seine flache Hand auf ihren Bauch. Sie liefen weiter den Elbweg hinauf, an den Gärten, am Café Toscana vorbei zur Milchbar, winkten den Leuten, die gerade mit dem O-Bus an ihnen vorüberfuhren. Herbert verliebte sich augenblicklich in den Oberleitungsbus. So ein verblüffendes Verkehrsmittel hatte

er noch nie gesehen. Als der Bus hielt und sich die Türen öffneten, rannte Herbert hin, fragte den Fahrer, seit wann er denn fahren würde. „De erste Probefahrt habsch am 25. September 1947 gemacht", sagte der Fahrer. Die Strecke damals sei über zehn Kilometer von Blasewitz zum Münchner Platz verlaufen. Seit 1950 quäle sich der Bus mit dem Elektromotor sogar die steile Grundstraße hoch bis nach Bühlau. Herbert verfluchte den Tag, als 1975, wer auch immer, auf die Idee kam, die Buslinie einzustellen. „Da hatten se schon ma ne vernünftsche Idee und ham nicht draus gemacht", sagt Ilse noch heute. „Dr Bus machte keen Lärm, der machte keen Dreck und fuhr wie am Schnürchen." Bei dem heutigen Verkehr traut sich Ilse kaum noch auf die Straße. Und mit der Straßenbahn fährt sie erst gar nicht. „Die kommt an wie so e ICE-Schnellzuch. Vorne der Fahrer sitzt in der Kanzel wie Graf Koks in der Sänfte", sagt Ilse. „Als de Opitzen ma langsam aus der Tür stiech, da hat die zwischen dr Flücheltür geklemmt wie e Huhn im Grill." Es gibt kein Klingelzeichen mehr, bevor die Bahn startet. Die elektronischen Türen schließen, wenn draußen keiner mehr zu sehen ist, denkt Ilse. Aber ob noch einer dazwischen ist, sieht keiner. „Vorher, als de Opitzen mit ihrn Pudel drinne war in dr Bahn, da floch der Edelpinscher bis hinten an de Scheibe", sagt Ilse. „De Bahn startet ja wie ne wildgewordne Rakete, wenn de dich da ni festgurtest, fliechste hin." Ilse kann nach wie vor nicht verstehen, dass die Verkehrsbetriebe in Dresden darauf stolz sind, die längste Bahn der Welt zu besitzen. „Da weeste gar nisch, wo de einsteichen sollst." Öfter mal eine ganz normale Bahn, ist besser als manchmal eine lange, denkt Ilse. „Da war der Hechtwachen früher eene Schau dagechen. Da kamste fürn kleen Preis, dort hin, wo de hin wollts und wieder zurück. Heute wolln se immer klei mit der Luxusjacht über de Pfütze."

Zu Ilses Hochzeitstag war der Schillerplatz mit seinen Straßen, dem O-Bus, der Bahn und den vielen Geschäften das kleine Dresdner Zentrum, denkt sie. Die Innenstadt wurde ja gerade erst wieder aufgebaut. „Meine Milchbar hamse Anfang Fuffzsch mit Geld von der Lottogesellschaft aufgerichtet und de Leute ham freiwillig mit angepackt. Kein Mensch käm heute of de Idee, für umsonst ne Eisbar zu baun", sagt Ilse. Für das 750. Dresdner Stadtjubiläum 1956 wurde die Milchbar noch mal umgebaut. „Mir hatten damals leckerfetzsche Eiskucheln und sache und schreibe siebenundachtzsch verschiedne Milchmix- und Eisgetränke im Angebot. Es gab auch Importlikör ausm Ausland", sagt Ilse und schwelgt in Erinnerung. Die Milchbar war die erste in Dresden, die zweite eröffnete in der Innenstadt auf der Weißen Gasse, aber erst 1959, weiß Ilse noch ganz genau. Von der Milchbar aus gingen sie noch in den Schillergarten, dort warteten Ilses Mutter und Kollegen von Herbert. „Der Herbert trank so viel, dass in der Nacht bei dem alles zappen duster war. Das war so schön. Trotzdem", sagt Ilse. Sie nimmt den Schlüssel, schließt „H. Bähnerts S-Archiv" auf. Einen Augeblick zögert sie. Dann schiebt sie den Riegel rüber, klappt den Deckel auf. Sie sieht in die Kiste und weiß nicht, was sie denken soll. „Alles hätsch erwartet, aber das nisch", sagt sie. Dann geht sie zur Anrichte, öffnet oben die Glastür, nimmt eine kleine Flasche Aromatique raus und trinkt sie ohne abzusetzen aus.

Der beste Freund

Folge 8

Ilse hatte nicht die Zeit, „H. Bähnerts S-Archiv" anzusehen, denn heute war Donnerstag. Da besucht sie Herbert. Seit ein paar Jahren geht sie jede Woche einmal zu ihm. Wenn sie es schafft. Manchmal ist sie so geschafft, dass sie Herbert nicht auch noch sehen will. Aber heute muss es sein. Sie fährt mit der Straßenbahn dahin, wo Herbert jetzt liegt. Denn bei ihr wohnt er schon lange nicht mehr, sondern in Tolkewitz.

Monatelang hatte Ilse nach einem schönen Platz für den toten Mann gesucht. „Lage, Lage, Lage is doch heute alles", sagt sie auf dem Weg zum Friedhof. „Bisher war das mit dr Unterkunft ja immer nur ne Entscheidung für Jahre, aber in dem Fall is es ja für ewisch. Schließlich will ich ma zu dem hinziehn." Sie wünschte sich schon immer eine Wohnung in der Nähe der Elbe und Nachbarn, mit denen sie es längere Zeit aushalten konnte. „Das war mir nie forgönnt. Aber offn Friedhof will ich endlich Friedn ham", sagt sie.

Deshalb ließ sie auf den Grabstein auch nicht nur „Herbert" meißeln, sondern vorsorglich „Familie Bähnert". Es konnte ruhig jeder wissen, dass sie auch nach dem Tod ihren Mann nicht alleinlassen wollte. „Aber morr muss ja nischd überstürtzn", sagte sie schon damals zur Beerdigung 1988. Und jetzt denkt sie: „Das mit dorr Einäscherung is ooch schon widder so lange her. Mei Herbert is ja noch ä Forwendetoter." Deshalb muss sie heute auf den Friedhof, um die Liegezeit zu verlängern.

Ilse kennt den Weg zum Grab ganz genau, braucht von der Straßenbahnhaltestelle bis zu dem Ruheplatz nur drei Minuten. Jetzt legt sie ihre Hand auf den rotfarbenen Stein, der zwischen großen Rhododendronsträuchern thront. Das hat sie sich so gewünscht, denn sie will etwas Schönes sehen, wenn sie an Herbert denkt. „Ich bin so in dä Jahre gekomm, ich lebe doch manche Tage nur noch im Vorgestern. Ich erinnre mich an

Sachn, wo ich gar ni weeß, ob ich die überhaupt erlebt hab."
Ilse schüttelt den Kopf, als müsste sie die Gedanken zurechtrücken. Dann sagt sie auf den Grabstein zu, als würde Herbert dahintersitzen: „Weest Du was, weest Du was Du ma gesacht hast, weest Du das noch? Du hast ma gesacht: Manchma erinnert man sich nur an nä Erinnerung. Da is was dran."
Ilse sieht den Rhododendron und erinnert sich in diesem Augenblick an einen Tag, den 4. Mai 1973. Da fuhr sie mit Herbert in seine alte Heimat in die Lausitz. Sie wollten in seinen Geburtsort nach Ebersbach, aber Herbert quasselte über Ärger auf Arbeit und verpasste die richtige Abfahrt, fuhr statt nach Bautzen Richtung Kamenz, und sie landeten in Grüngräbchen. Kiefern, Moor, Sand, Wiesen, Teiche – so liegt dort die Landschaft in der Ebene. Herbert verbot sich an diesem Tag auch nur einen Schluck zu trinken, obwohl er diesmal allen Grund dazu gehabt hätte. Heute feierte er seinen 50. Geburtstag. Aber er musste fahren. „Ab heute geht's mit Tempo fünfzig durch die Welt", sagte Herbert. Die Kameraden von der Feuerwehr hatten ihm den Moskwitsch 408 IE für einen Ausflug mit seiner Ilse geborgt. Das war das Geburtstagsgeschenk der Freunde.
Herbert fluchte, weil er falsch gefahren war und sagte nüchtern: „Grüngräbchen, das is ein Grab voller Grün." Das sollte mal wieder einer seiner Scherze sein. Ilse dachte nur: „Der muss selbst kurz hinterm Abgrund noch Witze reißn. Aber der macht sich immer so kleen damit, so kleen macht der sich damit, dabei is der gar ni so groß." Heute denkt sie, dass Herbert immer dann mit seinem Humor anfing, wenn der Spaß für ihn aufhörte. Denn eine Woche vor ihrem Ausflug ins Grüne war für ihn Schluss mit lustig.
Ilse sah an diesem Tag im Mai 1973 keine Gräber, sondern war aus dem Auto ausgestiegen und sah die Gräbchen, die

Teiche – den Schwanenteich, den Langen Teich, den großen Lug-Teich, den Schwarzteich. Sie lief mit Herbert Hand in Hand den Grüner Weg entlang, dann die Blumenstraße. Hinter den Zäunen der kleinen Gärten leuchteten unendlich bunte Blütenmeere, geradeso als wäre jeder Einwohner ein Gärtner. Zum Schluss lief Herbert vorneweg, winkte Ilse. Sie folgte ihm zum Gärtnereiweg, danach spazierten sie auf dem Sandweg. Plötzlich eröffnete sich ein Rhododendronhain. Ilse spürte, wie die Rosenbäume ihr ein Lächeln auf die Seele leuchteten. Das war einer der seltenen Augenblicke, wo sie dachte, sie würde diesen Mann wirklich lieben. Jedenfalls glaubt sie jetzt, dass sie sich daran erinnern würde.
Ilse las auf einem Schild, dass Johann Heinrich Seidel der Urvater dieser Gärtnerei in Grüngräbchen war. Er arbeitete einst als königlicher Hofgärtner im Herzogingarten in Dresden. Dort besuchte ihn sogar Johann Wolfgang Goethe. Er kam damals nicht als Dichter zu Seidel, sondern als Naturforscher. Die beiden freundeten sich an. Die Seidels gründeten später in Dresden-Laubegast einen eigenen Betrieb, der bestens lief, und 1897 kauften sie das alte Rittergut in der Lausitz. Seitdem blüht es hier. Und blüht und blüht und blüht. So wollte es Ilse auch an ihrem Grab, gebettet zwischen Blüten.
Herbert achtete an jenem Tag im Mai 1973 allerdings nicht auf die Blüten, die haben Männer nie im Blick. Er stand vor einer der hohen Kiefern und sagte: „Hier haben die mal richtig Holz vor der Hütte, das würde ich am liebsten mitnehmen." Denn Herbert sammelte auch Holz. Er hackte fast jedes Wochenende irgendwelche Stämme klein. Meterweise lagerten Scheite im Keller zwischen den Regalen oder im Vorgarten. Und hinten auf dem Wäscheplatz stapelte er Holz, sogar in der Küche. Als er anfing, im Schlafzimmer Holz zu verstauen, hielt es Ilse

nicht mehr aus. Sie schimpfte über die Mauern aus zerhackten Bäumen, aber nie hatte sie ihn gefragt, wozu er denn das Holz horten würde. Doch damals in Grüngräbchen im Mai stellte sie ihn endlich zur Rede, denn sie konnte einfach nicht glauben, dass er hier schon wieder Holz mitnehmen wollte, anstatt die herrlichen Blüten zu sehen. „Herbert“, fragte Ilse, „wofür brauchsdn Du eiforbibsch nochma das ganze zorhackte Holz?“ „Zum Heizen“, sagte er. Winter wären kalt, das hätte er in Russland zu spüren bekommen, damals im Krieg.
Ilse muss nun daran denken, wie sie ihn plötzlich fragte: „Jetze sache mir doch endlich ma, was Du denn gemacht hast damals im Krieg in Russland. Aber bitte ohne drumrum zu redn. Was hast de dänne da gemacht?“ „Holz“, sagte Herbert. „Holz für die Kameraden, dass sie sich nicht den Arsch abfrieren. Ich habe denen nicht nur die Sachen genäht, sondern auch für Wärme gesorgt. Ich hab die Gulaschkanonen geheizt, damit die Suppe warm wird.“ Ilse fragte ihn, ob er wirklich nie jemanden getötet hätte und er deshalb noch am Leben sei. Herbert lachte und erklärte ihr, dass es beim Spalten nicht auf Kraft ankäme, sondern die Technik. Immer erzählte er etwas anderes, wenn Ilse wissen wollte, was im Krieg los war. Sie ärgerte sich, weil sie davon angefangen hatte. Gleich würde Herbert wieder von der Frau erzählen, die die Russen erschossen hatten.
Aber Herbert erzählte nicht, er schwieg, dann schrie er plötzlich los, dass selbst die Blüten an den Rosenbäumen stramm standen. Manchmal schrie er plötzlich so laut los. Ilse verstand nie ein Wort, weil sie sich immer die Ohren zuhielt. Als es vorbei war, sagte sie: „Is das widder dorr Splitter in dei Gopp?“ Sie sah auf Herberts Kopf, sah auf seine rechte Schläfe, sah auf die Vertiefung, die überwachsen war mit Haut. Dahinter musste der Splitter stecken, der ihn in Russland erwischt hatte.

Sie stellte sich vor, wie das Metallding durch seinen Kopf wanderte und dachte, ich würde wohl auch schreien, wenn Reste einer Bombe in meinem Gehirn rumwucherten.
Holz hatte er also gehackt im Krieg, dachte Ilse. Ja, das konnte er perfekt. Er hörte nie auf damit, er hackte all die Jahre Holz, als müsste er den alten Kameraden immer noch einheizen. Dabei war der Krieg doch vorbei. Krieg war von gestern, dachte Ilse. Nur das Holz war immer da, so als hätte Herbert Vorsorge betrieben, als hätte er gewusst, dass es eines Tages wieder gebraucht würde.
Ilse stand neben dem Grabstein zwischen den Rhododendronbüschen, sah auf die Jahreszahl: 1923. Herbert erblickte das Licht der Welt genau wie Horst Tappert und Vicco von Bülow. Manchmal, erinnert sich Ilse, wünschte sie sich, Herbert wäre nicht einfach Herbert, sondern so amüsant wie Loriot oder wenigstens so berühmt wie Derrick. Aber dann fürchtete sie sich auch wieder davor, weil viele der 1923er doch nicht einfach nur im Krieg waren, sondern ihn mit angefangen hatten. Sie erinnert sich, wie sie Angst hatte, auch in „H. Bähnerts S-Archiv" würde sie Devotionalien aus dem Krieg finden - so wie im Keller von Horst Tappert. Keiner wusste davon. Aber dann fand man die persönlichen Ausrüstungsgegenstände aus seiner Zeit bei der Waffen-SS. Im Keller lagen seine Erkennungsmarke, das 35 Zentimeter lange Bajonett und das schwarze Verwundetenabzeichen, das er für seine Verletzung bei Wolkowo im Raum Charkow am 22. März 1943 erhalten hatte. Das las Ilse eines Tages in der Zeitung und fürchtete sich vor Herberts Kellersammlung.
Andererseits konnte sie sich nicht erinnern, dass Herbert jemals davon erzählt hätte. Er erklärte ihr in Grüngräbchen vielmehr, wie sein Vater ihm immer wieder erzählte, was in sei-

nem Geburtsjahr, im Jahr 1923, alles geschehen sei. Der Vater fuhr einmal im Monat nach Dresden, erst mit dem Zug, dann mit der Straßenbahn. Für eine Fahrt mit der Bahn zahlte er im Juli 1921 noch eine Mark, zwei Jahre später fuhr er nicht mehr in die Stadt, denn im November 1923 hätte er 200 Milliarden für einen Einzelfahrschein löhnen müssen. Ein Brot, 1900 Gramm schwer, kostete da 850 Milliarden Mark, ein Liter Vollmilch 300 Milliarden. Die Leute hungerten und in die Lausitz kamen Kontrollen von Arbeitervereinen, um nach Lebensmitteln zu suchen. Sie holten aus den Gütern Getreide und Vieh, beschlagnahmten alles, was essbar war. Herberts Familie gab freiwillig Kartoffeln, die sie im Keller versteckt hatten. Der Vater rückte auch mehrere Flaschen Schnaps raus und die Genossen Kontrolleure behelligten sie nie wieder. Herbert sagte an diesem 4. Mai 1973 zu Ilse: „Merke dir eins, meine Gute, egal wie es mal kommt, Schnaps ist die einzige Währung, mit der du immer zahlen kannst."

Damals in Herberts Geburtsjahr 1923 wurde Stresemann Reichskanzler, aber er musste seinen Posten nach wenigen Monaten wieder verlassen. Denn in Sachsen bildeten Sozialdemokraten und Kommunisten eine Regierung, aber da marschierte die Reichswehr ein, um das zu verhindern. Das hieß Reichsexekution. Daraufhin stellten die Sozis in Berlin einen Misstrauensantrag gegen Stresemann und er war weg vom Fenster. Das, so glaubt Ilse sich zu erinnern, erzählte ihr Herbert damals zwischen den blühenden Rosenbäumen.

1923 besetzte auch Hitler mit Hermann Göring und anderen Nationalsozialisten in München den Bürgerbräukeller und verkündete, die nationale Revolution sei ausgebrochen und die Reichsregierung der Weimarer Republik abgesetzt. Die Braunen stürmten einen Tag später die Münchner Feldherrenhalle, wurden aber gestoppt. Und noch etwas geschah. Bertolt Brecht führte sein Theaterstück Baal erstmals am Alten Theater in Leipzig auf und löste damit einen Skandal aus, der Bürgermeister ließ es daraufhin absetzen, denn der Held des Stücks rüpelt sich durch die feine Gesellschaft, brüskiert seine Gönner, verlässt seine Frauen. Daran jedenfalls erinnert sich Ilse, weil sie das Stück einmal im Theater gesehen hatte und dachte, der Baal sei der ganze Gegensatz zu ihrem Mann. Dann staunt Ilse, an was sie sich alles erinnern kann.

Herbert blieb plötzlich an diesem Tag im Mai 1973 vor einem großen Rhododendron stehen und sagte zu ihr: „Weißt du, was verrückt ist? Ich bin doch am Florianstag geboren und jetzt stehen wir zwischen lauter Blüten." Ilse weiß noch wie überrascht sie war, dass Herbert die Sträucher doch gesehen hatte und dass er wusste, dass Florian der Blühende hieß. „Und weeßt du, was noch verrückt ist? Der Florian ist doch der Schutzpatron gegen Feuer, und ich bin bei der Freiwilligen Feuerwehr, aber ich hab gezündelt." Ilse glaubte nicht richtig zu hörn. „Ich habs gewusst", sagte sie. „Ich habe gewusst, Du hast im Krieg also doch Feuer gelechd." Herbert sagte: „Echa, so ein Quatsch mit Soße. Ich habe in Ebersbach als kleiner Junge eine Scheune angebrannt." Ilse erinnert sich jetzt ganz genau, wie sie Herbert damals anstarrte und ihr die Spucke wegblieb, wie es dann aber aus ihr rausbrach: „Da kenn mir uns nuh schon fast dreißsch Jahre und jetze erschd kommst Du naus mit dorr ganzen Wahrheet." Herbert sagte: „Das ist nicht die ganze Wahrheit, sondern erst der Anfang." Ilse: „Was kommt denn noch, naus mit dorr Sprache, jetzte will ich alles wissen, sonst sin mir geschiedne Leute?"

Ilse hielt sich an dem Grabstein fest. Manchmal können Erinnerungen ganz schön schwer sein. Wie Blei lag ihr die Vergangenheit auf den Schultern. Ihr ganzer Körper fühlte sich wie gelähmt an, sie wollte sich setzen, aber es gab hier neben dem Grabstein keine Bank. Über den Friedhof wehte ein kühler Wind. Ilse schaute sich um, woher der Schauer kam. Nur ein kleines Stück den Weg neben dem Grabstein weiter lag der See der Tränen. Ilse lief mit schweren Schritten in die Richtung und dann sah sie eine kleine Bank, setzte sich darauf und musste schon wieder an Herbert denken.

An jenem Tag in Grüngräbchen redete er. „Ja, ich habe in der Scheune als kleiner Junge nur mal probiert, wie das ist, wenn das Feuer lodert. Ich wollte es löschen. Ich wollte löschen." Ilse: „Und, was is passiert?" Herbert: „Was ist passiert? Es kam Wind und plötzlich sprang das Feuer auf andere Strohballen über und dann auf die ganze Scheune und dann..." Herbert musste Luft holen. Ilse fragte: „Was denn dann?" Herbert schluckte, dann sagte er: „Dann war der ganze Hof futsch." In der Zeitung hätte Tage später gestanden, dass ein Großbrand fast ganz Ebersbach abgefackelt hätte, aber ein Junge namens Herbert wäre zum Hydranten gelaufen und hätte Alarm geschrien, er wäre mit Wasser losgelaufen und sei wie ein Held gegen das Feuer losgegangen. Herbert sagte: „Ich habe bis heute noch nie jemanden gesagt, dass ich eigentlich der Brandstifter war." Ilse sagte zu Herbert: „Is das wirklich alles?" Herbert schüttelte den Kopf.

Ilse fasste sich an jenem Tag im Mai 1973 ans Herz und sagte zu Herbert: „Was denn nuh noch, reicht Dir das denn ni?" Herbert schaute ihr in die Augen und sagte: „Wenn wir schon einmal dabei sind, dann kann ich auch gleich alles erzählen, egal was Du sagst." Ilse: „Na da bin ich aber gespannt wie ä Flitzebochn." Herbert holte tief Luft und sagte: „Also..." Dann schwieg er für eine endlos lange Sekunde. Als die vorbei war, gestand er Ilse, dass er im Krieg den wichtigsten Lehrsatz seines Vaters umgesetzt hätte und aus Kartoffeln oder Weizen, je nachdem was er gerade besorgen konnte, Schnaps brannte. Die Kameraden nahmen das gern an, aber er musste immer vorkosten, denn sie vertrauten seinen Brennkünsten nicht blind. Und als sie in Lemberg waren, da hatte er jede Flasche vorgekostet, saß danach am Steuer eines LKW, an dem eine Gulaschkanone hing. Ilse sagte: „Deine Sauferei bringt dich noch um".

Herbert schüttelte den Kopf. „Nein, nein, nein – bis jetzt had mir Suffke das Leben gerettet." Aber im Krieg sei er in Lemberg losgefahren, weil einer der Offiziere den Befehl gegeben hätte. Hinten an seinem Laster hing der Hänger dran. Herbert hätte am Steuer gesessen und Vollgas gegeben, denn es sollte ja losgehen. Aber es wäre nichts losgegangen, so erzählte er Ilse. Irgendetwas sei ganz schwer gewesen, aber der Offizier winkte, er solle losfahren und Herbert gab Gas und nochmal und nochmal, dann ging es los. Herbert sagte zu Ilse, dass er fuhr, er fuhr immer weiter, wunderte sich noch kurz über ein Geräusch, aber das war ihm egal, denn er sollte ja fahren. Plötzlich überholte ihn ein Kübelwagen mit dem Offizier drin, stoppe Herberts LKW. Dann schrie der Offizier: „Ja bist du denn völlig besoffen, Du hast der Hydranten umgefahren!" Herbert sagte zu dem Offizier: „Aber ich musste doch vorkosten."

Dann stieg er aus dem Auto, sah einen riesigen Wasserstrahl so hoch wie der Fahrstuhl auf die Ostrauer Scheibe in Bad Schandau. Lemberg erlebte stundenlang einen künstlichen Regen, ausgelöst von einem Lausitzer Landser. Nachdem der Schauer vorüber war, floss in der Stadt 14 Tage lang kein Wasser aus der Leitung, sondern nur auf den Straßen und Plätzen.

Die Lemberger nannten die Zeit später die Lausitzer Hydrantenflut. Ilse fragte: „Und was is mit Dir passiert?“ Herbert gestand, dass ihm die Fahrerlaubnis weggenommen wurde. Ilse: „Und das war alles?“ Herbert: „Nein.“ Ilse: „Immer muss mr Dir de Wahrheet wien Pobl aus dorr Nase ziehn!“ Herbert: „Ich kam in ein Lager ganz weit hinten in Russland und dort musste ich Holz hacken.“ Ilse schüttelte den Kopf über die Erinnerungen von Herbert und sagte an diesem Tag im Mai 1973 zu ihm: „Der Hydrand scheint Dich aber ni losgelassn zu ham. Dass Du ooch nie schlau wirsd aus dei Fehlern.“
Jetzt blickte Ilse von ihrer Friedhofsbank aus hinüber zu dem Grabstein. Darauf stand Herbert und darunter 1923 – 1988 und darunter hatte sie einen Hydranten meißeln lassen. Denn Herbert kam ihr oft genug vor wie so ein Löschwassergerät am Straßenrand. Jahrelang nimmt keiner Notiz davon, aber im entscheidenden Augenblick wird er dringend gebraucht und dann steht er wieder da wie bestellt und nicht abgeholt. Ganz rot, aber bescheiden, ganz hart, aber mit Wasser gefüllt, ganz nebenbei, aber nötig. Ilse verstand nach diesem Geständnis, warum Herbert in der Freiwilligen Feuerwehr mit rumwirbelte. Doch dass Herbert es immer zum Äußersten kommen lassen musste, das verstand sie nicht.
Denn natürlich saßen sie auch hier in Grüngräbchen an diesem Tag im Mai 1973 zwischen den Rosenbäumen, um über die Zukunft zu reden. Denn als Abteilungsleiter im VEB Herrenmode arbeitete Herbert seit einigen Monaten schon nicht mehr. Wieder stand Herbert ein Hydrant im Weg. „Herbert war ä Wassermann“, sagt Ilse. Dabei fand Ilse diese verrückte Idee im ersten Augenblick gar nicht so schlecht. Aber es war wie immer, Herbert baute sich mit den Händen etwas auf und riss es mit dem Hinterteil wieder ein.

Ilse steht am Grabstein und erinnert sich an diese Geschichte von Herbert. Und sie denkt, dass Herbert ja immer noch lebt, weil sie sich an ihn erinnert. Menschen leben nach dem Tod weiter, weil sie in der Erinnerung der Lebenden existieren. So lange man sich an jemanden erinnert, so lange lebt er. Und dabei kommt es gar nicht darauf an, ob er das erlebt hat, sondern wichtig ist allein die Erinnerung. Denn jeder erlebt doch das Leben anders, denkt Ilse.

Und dann erinnert sie sich, wie Herbert an jenem Tag im Mai 1973 erzählte, dass er im VEB Herrenmode für das Betriebsjubiläum zum 25. Jahrestag der DDR besondere Vorbereitungen getroffen hatte. Im Fünfjahrplan stand geschrieben, dass er als Abteilungsleiter die Jubiläums-Getränkeversorgung auf originelle Art und Weise vorbereiten sollte. Nicht einfach einen Bierkasten hinstellen, sondern mal was anderes, etwas Besonderes. Herbert tüftelte seit 1972 in seinem Keller, denn das Jubiläum musste ein Höhepunkt werden. Als er bei seinen Kameraden im Feuerwehrhaus saß, da kam ihm plötzlich die Idee. Er würde beides miteinander vereinen, Feuerwehr und Getränkeversorgung. Die anderen sahen ihn an, als würde er von der ersten Mondlandung eines DDR-Bürgers reden. Das schien jedem so unvorstellbar wie der Fall der Mauer.

Aber Herbert bastelte tagelang an dem Unvorstellbaren. Er besorgte sich einen Hydranten, schloss ein Fass an, damit statt Wasser aus dem Feuerlöschgerät Bier floss. Allerdings gelang das nur, wenn er Kohlendioxyd in das Fass einlaufen ließ. Sonst fehlte der nötige Druck. Also beauftragte er einen Kollegen aus Ungarn, CO_2-Patronen mitzubringen, die sonst für Wasser-Siphon-Flaschen benutzt wurden. Nur in dem befreundeten RGW-Land gab es diese Patronen.

Nachts saß er im Keller und bastelte den Zehn-Liter-Bier-Siphon-Hydrant. Nach fünf Monaten Bauzeit gelang ihm das Unvorstellbare. Der Durstlöscher funktionierte. Der Brand der Kollegen konnte also mit Hilfe eines Hydranten gelöscht werden. Herbert stellte das Gerät bei der Messe der Meister von Morgen – MMM – vor. Aber dort viel die Erfindung durch, weil Alkohol im Spiel war. Den Vorschlag, Apfelsaft aus dem Hydrant sprudeln zu lassen, lehnte Herbert brüsk ab, denn bei einem so großen Jubiläum wie dem 25. Jahrestag der DDR sollten die Kollegen mit einem guten Schluck anstoßen und nicht mit Most.

Herbert glaubte an seine Erfindung und ließ sich von der MMM-Jury nicht aufhalten. Wenn die DDR seinen wegweisenden Zehn-Liter-Bier-Siphon-Hydrant nicht haben wollte, dann sollte wenigstens die Welt davon erfahren. Er packte den Bauplan in ein Paket und schickte ihn zum Patentamt in München. Aber auf der Versandstation der Deutschen Post landete sein Paket in der Kontrollabteilung der Stasi. Die sahen sich den Bauplan genau an und vermuteten das Schlimmste. Herbert bekam Besuch eines Herrn im grauen Anzug. Er als Abteilungsleiter sollte erklären, warum er einen wichtigen Bauplan für den VEB Herrenmode nach München ins nichtsozialistische Ausland schickte. Herbert bekam eine Anklage wegen Wirtschaftsspionage. Schon nach einem Tag erklärte der Betriebsdirektor, er könne unter diesen Umständen Herrn Bähnert als Abteilungsleiter nicht mehr vertrauen. Herbert sollte in einer Betriebsversammlung zu seinem Fehlverhalten Stellung nehmen und öffentlich erklären, dass er es bereue, den Bauplan an den Klassenfeind verraten zu haben. Herbert lachte, denn es handelte sich seiner Meinung nach nicht um ein Geheimnis, sondern um einen Getränkeautomaten zur kollektiven Alkoholversorgung des täglichen Bedarfs.

Keiner hörte auf Herbert, sondern sie verhörten ihn. Und da er darauf bestand, in bester Absicht nur einen Zehn-Liter-Bier-Siphon-Hydrant entwickelt zu haben, musste er ab sofort als Heizer arbeiten. Herbert lachte darüber, denn als Heizer hatte er schon bei den Russen überlebt. Also hackte er Holz und schaufelte Koks in den Ofen. Nur Ilse gefiel das nicht, denn wenn die Nachbarn fragten, als was denn jetzt der Herr Abteilungsleiter arbeiten würde, dann konnte sie doch nicht sagen, er sei Heizer der Zentralheizung. Nein, erinnert sich Ilse, sie sagte, der Herbert würde jetzt in einer neuen Abteilung arbeiten, die für die Grundversorgung aller Mitarbeiter zuständig sei.

Aber an jenem Tag im Mai 1973, da sagte Ilse in Grüngräbchen zu Herbert, dass das in Zukunft so nicht bleiben dürfe. Schließlich wolle sie zu ihrem Mann aufschauen, da dürfe er nicht im Kohlekeller arbeiten. Und dann erinnerte sie sich an eine Erinnerung, die sie nie vergessen wird. Sie dachte darüber nach, was Herbert für sie sei. Und sie sagte jetzt am Grab in Tolkewitz: „Herbert war mein bester Freund und ich seine beste Kameradin. Und das für immer.“ Dann verlängerte sie seine Liegezeit und ging wieder nach Hause. Sie wollte noch heute „H. Bähnerts S-Archiv“ ganz genau ansehen.

Die Knöpfe

Folge 9

Knöpfe. Es sind alles Knöpfe. Ilse sieht noch immer in die Kiste. Langsam wird ihr klarer. Herbert sammelte Knöpfe. „Und da hat der immer gesacht, er hätte keen Knopp in der Tasche", sagt Ilse. Auf der Innenseite des Deckels hatte Herbert mit seiner verkorksten Schrift notiert: „H. Bähnerts Sammel-Archiv, die Erinnerung der Knöpfe." Ganz oben lagen sechs silberne Uniformknöpfe mit einem Sowjetstern drauf. „Irschendjemand da unten in Sibierchen hat der offgeknöppt", sagt Ilse. Dann fiel ihr ein, dass er damals seinen Uniformmantel mit einem Gürtel zugebunden hatte. Kaum war er zwei Tage in Marienbrunn, zerschnitt er den Mantel, stopfte ihn Stück für Stück in den Ofen, denkt Ilse. Damit es schön warm ums Herz wird, sagte er damals, fällt Ilse wieder ein. „Was weg ist, ist weg", sagte Herbert noch. Sie fasst mit der rechten Hand in Herberts Knopfkiste, holt eine Handvoll der Knöpfe raus und lässt sie wie Wasser durch die Finger rinnen. Ein Knopf bleibt in der Mitte ihrer Hand liegen. Er ist halbrund und mit schwarzem Stoff überzogen. „Das is eener von meiner schwarzen Bluse." Fünf Stück waren an der Bluse dran, denkt sie. Die hatte sie zur Beerdigung ihrer Mutter an. Ilse erinnert sich sofort.
Als sie damals die Nachricht bekam, lief sie ziellos durch die Stadt. Später saß sie auf der Treppe vor dem Luisenhof auf dem Weißen Hirsch. Die Gaststätte war längst zu. Die Knie hatte Ilse an die Brust gezogen, die Arme darüber verschränkt. Sie starrte auf die unterste Stufe. Gegenüber an der Bergstation kam gerade die letzte Standseilbahn an. Aus der Bahn stieg Herbert aus, kam zu Ilse herüber, sagte. „Ich habe dich überall gesucht. Warum bist du hierher gegangen?" Ilse hob den Kopf, schaute ihn an, sagte: „Um wegzukomm." Herbert setzte sich neben sie, legte seinen Arm um ihre Schultern. „Komm nach Hause", sagte er. Es war das Jahr 1961. Ilse weiß noch, wie gut

sie sich in Dresden fühlte, so gut, dass sie seit Monaten ihre Mutter nicht mehr in Leipzig besucht hatte. Jetzt war Charlotte Emmi Teichmann tot. „Die hat mir keen Pfenng hinterlassen", sagt Ilse. „Aber das wär nisch das Schlimmste. Alles musste die diesen Leuten vermachen, das ganze Zeuch von der Großmutter, das Haus, de Bücher." Ilse hatte es nie geschafft, all ihre Sachen nach Dresden zu holen. Sie war zwar mit Herbert in ein großes Haus in Blasewitz gezogen, die Wohnung in der ersten Etage war riesig, aber sie teilten sich den Platz mit andern Mietern, erinnert sie sich. Herbert und Ilse lebten in zwei Zimmern, Küche und Bad wurden von allen Bewohnern gemeinsam genutzt. Herbert suchte verzweifelt eine größere, aber vor allem eine eigene Wohnung. Er wollte endlich Nachwuchs haben. Immer wieder suchte er Erklärungen, warum das nicht klappte. Zum Schluss war er fest davon überzeugt, dass die winzige Behausung daran schuld sein musste. „Das hat alles funktioniert mit de zwischenmenschlichen Beziehung. An mir laachs nich. Ich bin schließlich de Frau", sagt Ilse noch heute.

Damals war es ihr allerdings nicht ganz unrecht, dass es mit einem Kind so schnell nicht klappen wollte. „Sonst hättsch nich schwoofen gehen könn? Aber das musste och ma sein, das Leben fing grade wieder an", sagt Ilse. Oft fuhr sie mit der Standseilbahn auf den Weißen Hirsch oder lief vom Körnerplatz aus die Plattleite hoch. Sie ging in die Parklichtspiele, um die neuesten Filme zu sehen. In Leipzig war Ilse selten im Kino. Vielleicht machte es ihr deshalb nichts aus, Filme dreimal zu sehen. „Wie hiesen die glei noch e ma. Immer wenn mrs braucht, kommt mr nich droff. Ach jetzte, hier, na, ich habs: de Verwirrung der Liebe mit dr Domröse. Das habsch vier ma geguckt." Ilse staunte auf die Leinwand und erwartete voller

Die Milchbar: Richtig frisch war das Eis auf dem Schillerplatz.

Spannung das Ende. Obwohl sie es kannte, fragte sie sich jedes Mal, wie es wohl diesmal enden wird. Die Geschichte war zum Lachen, denkt Ilse. Aber sie ging ihr nah. Da waren zwei junge Männer und zwei junge Frauen, die eine Kunststudentin, die andere beinahe noch Schülerin. Sie verliebt sich in den Freund der Kunststudentin, welcher Medizin studiert. Allerdings hat sie schon einen Freund, der Maurer werden will. Wen also nehmen? Angelika Domröse spielte das Mädchen. Sie hieß Siggi. Zwei Mal sah Ilse „Nur eine Frau". Unvergessen bleibt ihr die Schauspielerin Karla Runkehl. Ilse kann nicht mehr genau sagen, was es war, dass ihr diese Frau so in Erinnerung hielt. Vielleicht, weil sie sich durchsetzte, weil sie so selbstbewusst schien, weil sie eine Welt zeigte, die Ilse nicht kannte und genau genommen auch gar nicht kennenlernen wollte. Aber es war wichtig zu wissen, dass es diese Welt gab, denkt Ilse. Sie sah auch die alten Streifen mit Heesters, Rühmann, Albers, Marika Rökk oder auch Liselotte Pulver in „Das Wirtshaus im Spessart“. Die Filme waren heiter und leicht. Sie weiß noch, dass sie „Ditte Menschenkind“ niemals vergessen wird. Sie sah sich alles an, auch „Eine Berliner Romanze“ mit Annekathrin Bürger oder „Besondere Kennzeichen keine“ mit Horst Naumann oder „Eine alte Liebe“ mit Gisela May. Die wohnte übrigens als ganz junge Schauspielerin mal, genau wie Trudel, im Dresdner Schloss. „Dann gabs doch noch den Geschonneck, Erwin und den Delmare, na wie hest dr mitn Vornahm ..., Fred. Die ham ja überall mitgespielt, die zweie.“ Ilse Marie Bähnert nahm ernst, was sie sah, denn es war ihr neu. Sie lebte im Kino mit den Helden. Aber vor allem wollte sie selbst etwas erleben.

Das kleine Marienbrunn lag ihr plötzlich fern. Die Mutter war weit weg, schien aber zurecht zu kommen, erhielt in den 50er-Jahren eine kleine Rente. Dass sie allerdings dafür eine Hypothek, eine Sozialhypothek, aufnahm, erfuhr Ilse erst nach dem Tod der Mutter. „Die musste diesem kleen neun Staat alles vermachn. Diesen Seelenfängern, diesen Sozialausbeutern“, sagt Ilse, „wo sollte ich denn das Geld hernehmen, um de Hypothek abzulösen?“ „Früher, bei den Kapitalisten, da herrschte die Ausbeutung des Menschen durch den Menschen. Im Sozialismus war es genau anders rum“, sagte Herbert manchmal, wenn er seinen Durst bei einer Brigadefeier gestillt hatte. Ilse erhielt nur eine Mappe mit dem Familienbuch, mehreren Briefen und ein Fotoalbum. Mehr könne man ihr leider nicht überlassen, den Rest habe die Mutter im Austausch zur Rente dem Staat vermacht, sagte ihr ein Beamter der Versicherung. „Das Haus der Großmutter, dr Garten, de Möbel, de Bücher – nischt hatten die für mich übrig“, sagt Ilse. Zur Beerdigung auf dem Südfriedhof zwang sie sich, keine Träne zu vergießen. Sie wollte Stolz zeigen, falls einer von diesen Hypothekszwangsverwaltern auftauchen sollte. Aber als sie noch einmal in den Rumpelstilzchenweg Nummer 7 ging, war es vorbei. Sie stand am Zaun und heulte und fluchte. Herbert stand hinter ihr, wartete. Dann nahm er Ilse an die Hand und ging mit ihr weg. „Keener von uns Alten wohnt mehr in Marienbrunn. De Trudel is in Hetzdorf, de Hedwig unter dr Erde, de Liesbeth in so ner Platte in Grünau und de Hanni is nachn Westen rüber, nach Castrop-Rauxel. Keene Ahnung, was die da will", sagt Ilse. „In Marienbrunn sin lauter neue Leutchen eingezoochen, aber die fühln sich dort so wohl wie mir damals. Schön, dass se alles so frisch hergerichtet ham. Da kannsch mich wieder freun", sagt Ilse.

Jetzt setzt sie sich auf den Küchenstuhl vor Herberts Knopfkiste. „An die Dinger knöppen sich lauter Erinnerung. Da is der Herbert in Keller gegang, um de Vergangenheit zu sortiern. Da hat der da gesessen und de Knöppe gezählt und geputzt und sich de alten Geschichten erzählt. Mei lieber Scholli, dr Herbert war ja e rischtscher Romantiker", sagt Ilse. Dann nimmt sie einen großen ockerfarbenen Knopf heraus. „Der is von meim Sommerkleed", sagt Ilse. „Oooch, das war e feines Stück, aus Baumwolle gearbeitet, blau-weiß kariert, oben mit einem umgeschlachnen Krachen. Dr Stoff fiel so leicht über de Tallie, dann burschtelte sich das so herrlich off." Das Kleid hatte sie gemeinsam mit Herbert genäht. Sie trug es, wenn sie ausging. Ilse erinnert sich ans Parkhotel in der Bautzner Straße. Gleich daneben war das alte Lahmann-Sanatorium. Dort wohnten die Russen. Vermutlich hatten die keine Ahnung, an welch historischem Ort sie sich befanden. Gut betuchte Menschen kurten vor dem Krieg hier. Zum Beispiel 1935 Marika Rökk, um abzunehmen. Vom Weißen Hirsch ging die Sage,

dass hier im Bedarfsfall sogar Elefanten zu zarten Gazellen getrimmt werden könnten. Das las Ilse mal in einem Buch über Dresden. Der Rökk schien es nicht gefallen zu haben, denn sie schrieb in ihren Memoiren: „Diese ganze Kur behagte mir überhaupt nicht. Es gab scheußliche Sachen zu essen, mager und flau, man wurde gewalkt und begossen, man bewegte mich und setzte mich ins Schwitzbad, bis ich mir vorkam wie ein ausgewrungener Waschlappen ... 12 Pfund nahm ich ab." Die Russen, die dort lebten, sah man nicht hinter ihren Mauern, denkt Ilse. Ab und zu fuhr einer ihrer grünen Lastwagen mit einem Sowjetstern auf der Tür aus dem Tor raus. Das war mit Blech so beschlagen, dass keiner sehen konnte, was dahinter war. „Die schmalen Russkies mit ihrn Stoppelhaarn, die huschten am Zaun lang, guckten ma raus, aber die taten keener Flieche was zu Leide", sagt Ilse. „Nur de dicken Matroschkas, wenn die ma raus kamen, das haste zehn Kilometer gegen Wind gerochen. Die ham ja e Parfüm, da steht vorn in kürillischen Buchstaben droff: **МИФ**. Keene Ahnung, was das heesen soll." Ilse wollte nicht zu den Russen, sie hatte zu viele Geschichten über dieses Land von Herbert gehört.
Ilse wollte was erleben. Und zu erleben gab es etwas im Parkhotel und vor allem in der Kakadu-Bar. Ilse würde noch heute den Weg mit geschlossenen Augen finden. Durch die Schwingtür, dann die Treppen nach unten, dann rechts rum, einen schmalen Gang entlang, dann links rum, da eröffnete sich ein großer Raum. Ein Teil der Wände mit Holz getäfelt, die anderen Wände und die Decke ganz in Weinrot. „Das war ma was, da war ich plötzlich off einem andern Stern. Alle sachten immer Roter Kakadu, wechen der roten Wände. Oder weil der Chef einen roten Kakadu hatte. Da schwärm de Leute noch heute davon", sagt Ilse. „Das war ja ooch glei de eenzsche

Bar." Dann erinnert sie sich, dass es am Käthe-Kollwitz-Ufer noch eine mit dem Namen „Kaskade" gab. Ganz groß war auch der Lindengarten mit seinen drei Sälen an der Königsbrücker Landstraße. Aber das war ein richtiger riesiger Tanzsaal. So eine Tanzbar wie das Kakadu gab es nur einmal. Dort lernte Ilse Musik kennen, die sie noch nie gehört hatte. Sie tanzte mit Männern, wie sie noch nie getanzt hatte. Sie lachte mit ihnen, wie sie noch nie gelacht hatte. Ilse sieht noch heute den niedrigen Keller vor sich, geteilt durch dicke Säulen, gleich vorn die Bar mit den Barhockern mit den langen verchromten Rohren, obendrauf die Sitze, bezogen mit schwarzem Leder. Hinten links ein weiterer Raum mit einer zweiten Bar, dahinter kleine Nischen mit Sesseln, wo die Leute saßen, tranken, rauchten, redeten. „Die jungen Kerle sachten dann immer, woll´n mr in de Grotte gehen?", denkt Ilse. In der Mitte stand die kleine Bühne. Und auf der Bühne spielten die Musikkapellen. „Och, Goddel nee, wie hießen die denne nu noch e ma", sagt Ilse. „Nu glar, warte…, da war de Combo von dem Theo, genau, de Theo-Schumann-Combo. Die ham da de ganze Woche gespielt. Und dann kam de, hier, na, de Elbmadow Ramplers. Die spieln ja immer noch wenns Dixieland gibt." Montags, erinnert sich Ilse, montags war immer Jazz-Abend. „Ich hatte von der Musike ja keene Ahnung, aber das ging in de Beene, wenn die da losgefiedelt ham." Einmal kam Ilse fast nicht rein. „Dr Keller war voll mit Leuten wie so ne Sardinenbüchse." Auf der Bühne spielte einer Saxofon. „De Leute warn ausm Häuschen, die hatten den schon ma im Rias gehört oder besaßen ne Platte von dem und wussten, dass der Helmut Brandt heeßt", sagt Ilse. „Mir war das total egal wie der heßt, denn gespielt hat der wie e junger Gott." Eines Abends spielte die Herfter-Combo, einen anderen Abend die TH-Combo von der

Technischen Hochschule. Bis in die Morgenstunden wurde im Roten Kakadu gefeiert, erinnert sich Ilse. „Mir ham so e Spaß gehabt, das gloobt mr gar nich." Sie war über dreißig und verheiratet, benahm sich aber, als wäre morgen ihr 20. Geburtstag. Herbert sagte sie, sie habe so viel nachzuholen. Der ließ es geschehen. Er hatte zu tun, war inzwischen Abteilungsleiter im Volkseigenen Betrieb VEB Herrenmode. Nach Feierabend half er bei der Freiwilligen Feuerwehr.

Jetzt schaut Ilse Bähnert wieder in die Knopfkiste auf den Küchentisch. Da liegt ein großer weißer Knopf mit kleinem Fettfleck. „Der gehörte an meine Kellnerkluft", sagt Ilse. Sie erinnert sich, dass sie damals in der Milchbar am Schillerplatz aufhörte. „Den ganzen Tag in dem Eise rummähr, de Milchbottsche schleppen und sich das Gemeckre von de Leuten anhörn, das mustsch mir nich antun", sagt Ilse. „Außerdem konntsch endlich ausschlafen." Denn sie ging manchmal nach Dienstschluss auch gleich in den Schillergarten rüber. Dort spielten

Die Tänzerin: In der Kakadu-Bar war es wunderbar.

die Dresdner Tanzsinfoniker mit ihrem Chef Günther Hörig. Da konnte sie stundenlang zuhören und tanzen. Ilse entdeckte in diesem Frühling 1961 eine ganz neue Seite an sich. Sie bemerkte, dass sie auch anders konnte. Und sie spürte, dass sie gefiel. Das Gefühl war neu. Das wollte sie nicht verpassen. „Was is denn das hier? E nee, wie kommt der denn da dazu?", sagt Ilse und staunt. Aus der Knopfkiste holt sie einen kleinen goldenen Knopf. Der war von einem Kostüm, das sich Ilse von einer der Frauen aus der Blasewitzer Wohnung geborgt hatte. Damit ging sie eines Abends ins Kakadu, weiß sie noch ganz genau. Lachend lief sie durch die Schwingtür, vorbei an den Männern am Eingang, begann zu singen. Es war ein alter Schlager. „Wir wollen niemals auseinander gehen…" von Heidi Brühl. Ein Herr kam auf sie zu und meinte, sie würde wundervoll singen. Ilse lachte. Sie war sich plötzlich sicher, dass sie Talent hatte. „Hochstapelei ist die Grundlage der Schauspielerei", sagte Herbert manchmal, als er Durst bekam, wenn er Schlager hörte. Der Herr in der Kakadu-Bar küsste Ilse Marie Bähnert die rechte Hand, fragte, ob sie noch eine Kostprobe ihres Könnens geben könnte. Ilse sang „Weil er ein Seemann war …" von Bärbel Wachholz. „Nu de meisten kenn ja das andre berühmte Lied `Daamals`, aber das war, gloobsch, später", sagt Ilse. Sie stimmte auch „Santa Lucia" an. „Das sang der Vico Torriani, so e feiner Mann, da krischst de Tür nisch zu", sagt Ilse, als sie jetzt an ihn denken muss. Sie summte noch „Küsse unterm Regenbogen". Aber als sie die Bimbambina vortrug, tobte der Saal. Die Musikanten der Kapelle holten sie auf die Bühne und sie tanzte auf dem Flügel. Ilse weiß noch genau, wie sie dann der Herr zu einem Abendessen ins Café Prag einlud. Das Tanz-Café am Altmarkt hatte seit 1956 wieder geöffnet und war das Beste, was Dresden in der Innenstadt zu

dieser Zeit überhaupt zu bieten hatte, weiß Ilse. „Heute is das Ding ja runtegekomm wie ne Mitropa-Gaststätte, aber damals biste da nur mit Beziehungen reingekomm."
Ilse Bähnert überlegt, was sie für dieses Treffen angezogen hatte. Wahrscheinlich ihr Sommerkleid, so groß war die Auswahl nicht. Dann sieht sie einen rosa Perlmuttknopf. Ilse fällt ein, dass der zu ihrer Strickjacke gehörte. Die hatte sie drübergezogen. Abends war es in diesem Frühling 1961 noch ziemlich kühl. Der Herr im schwarzen Anzug, weißem Hemd und schwarz-weißer Fliege, holte Ilse in einem himmelblauen Wartburg 311 an der Milchbar ab und fuhr direkt vor den Eingang des Cafés. Er reichte ihr seinen Arm. Und obwohl er etwas kleiner war als Ilse, hakte sie sich bei ihm ein. Sie gingen an der Mokkastube vorbei, hinein in das Foyer des Tanzcafés, stiegen die breiten Stufen nach oben in die erste Etage. „So e geschwungnes Geländer is dort drinne, das muss was gewesen sein für de Hei Snobeiety." Die Kellner schienen den Herrn zu kennen, sie fragten nicht nach einer Eintrittskarte, zeigten nur einen freien Tisch und brachten eine Flasche Sekt. „Da habsch schon e bissel gebibbert, was jetzte wohl passiern tut", sagt Ilse. Damals dachte sie vor allem, man soll die Feste feiern, wie sie fallen und tanzte mit dem Herrn über das glänzende Parkett. Er erzählte etwas von der schönen Helena und lobte Ilses Talent. Dann lud er sie für den nächsten Tag in die Operette nach Leuben ein. Sie solle sich beim Intendanten zum Vorsingen melden. „Da rutschte mir das Herze in den untersten Saum vom Rock nein", sagt Ilse noch nach Jahren. Dem Herrn sagte sie sofort zu. Der schenkte Ilse immer wieder ein, tanzte mit ihr, hielt sie fest, strich durch ihr Haar. Dann gingen sie die Treppe wieder nach unten. Ilse hielt sich am Geländer fest, sah alles wie durch einen feinen Nebel. Der

Herr öffnete ihr die Tür zu seinem himmelblauen Wartburg. Er stieg ebenfalls ein, wollte das Auto starten, aber es sprang nicht an. Der Herr legte sein Jackett ab, krempelte die Ärmel seines weißen Hemdes nach oben, stieg wieder aus. Ilse nickte auf dem Beifahrersitz ein. Draußen wurde es schon hell, als sie die Augen wieder öffnete. Vor der Frontscheibe des Autos sah Ilse, dass die Motorhaube geöffnet war. Sie stieg aus, lief ein wenig wankend nach vorn. Der Herr sah nach oben, sein Gesicht war mit Öl verschmiert, sein weißes Hemd auch. In den Händen hielt er zwei Schraubenschlüssel. „Da is wo nicht zu machen", sagte Ilse.

Sie ging quer über den Altmarkt. Links sah sie das neue Warenhaus. Da hing ein riesiger Mann aus Pappe dran, machte einen gewaltigen Schritt an der Wand lang. Darunter war auf einem Schild zu lesen: „Taten braucht unser Plan, zieh Siebenmeileinstiefel an." Ilse ging in ihren Riemchensandalen über die breite Hauptstraße, die nach Ernst Thälmann benannt war. „Trudels Glatzenmann hat sogar ne Straße", dachte Ilse. Sie lief immer weiter, sah die Ruinen der Frauenkirche in den Himmel ragen. Sie lief weiter zur Elbe, da lagen die Dampfer. Ilse atmete tief durch, ging den Fluss entlang, warf neben der kaputten Carolabrücke einen Stein in das Wasser. Früh um sechs war sie zu Hause in Blasewitz.

Herbert wollte gerade zur Herrenmode, seine Bahn fuhr täglich 6.11 Uhr. Er fragte nichts. Er war nicht wütend, glaubt Ilse. Er wollte gelassen wirken, weil er ahnte, dass es vorbei gehen würde. Er kannte seine Ilse. Wenn ihn einer der anderen Mieter fragte, wo sie gewesen sei, sagte er es. Sie war tanzen oder bei einer dieser Musikveranstaltungen im Roten Kakadu. Die will raus aus dem Kohlsuppenmief. Die will was Besseres, aber weiß nicht, was das sein soll. In diesem Augenblick war

Ilse verzweifelt, sie glaubte, er würde sie nie verstehen. Warum sollte eine Frau nicht ausgehen dürfen? Warum sollte sie nicht was erleben? Die Welt schien gerade aufzuwachen, warum sollte sie da nicht aufgeweckt sein? Die Russen schossen sogar den ersten Menschen ins Weltall, jedenfalls stand das in allen Zeitungen. Und da sollte sie auf dem Boden bleiben? Außerdem könne Herbert ja jederzeit mitgehen, schlug Ilse damals vor. Aber tanzen wollte Herbert nie. Im Biergarten sitzen und den Dampfern an der Elbe hinterhersehen, das passte ihm, aber sich einfach mal ausgelassen über einen Tanzboden bewegen, das war nichts für ihn. Sollte sie deshalb darauf verzichten? Frauen müssen nicht auf alles verzichten, nur weil es dem Angetrauten nicht passt, denkt Ilse. „Morgens schon de Paste off de Götter-Gatten-Zahnbürste drücken, das Frühstück machen, immer schön de Bemm schmiern und de Brotbüchse offülln, damit der Mann off dr Arbeit seine Pausenkniften hat. Und wenn er heemkommt, da soll dr Bohnenkaffee und de Eierschecke schon wieder offm Tisch stehn. Nee!", sagt Ilse. Da liegen die Socken in der Ecke, die Hausschuhe sind mal wieder weg, das Hemd ist nicht gebügelt, aber die Frau, die macht das schon, denkt Ilse. „Und dann musste noch betteln, damit der Göttergatte dirs Geld gibt zum einkoofen." Warum eigentlich? Frauen sind keine Sockenwegräumroboter, denkt Ilse und weiß, dass sie es doch später Tag um Tag genau so gemacht hat. Aber in diesem Frühling 1961 war alles anders. Heute weiß sie, dass es Herberts Taktik war, sie mit kleinen Grausamkeiten auf den Boden der Realität zurückzuholen. Aber was sollte sie da? Sie legte sich schlafen und träumte.

Jetzt hält Ilse Bähnert einen grünen Mantelknopf in der Hand. „Der war von meinem eenzchen Mantel, e ganz schönes Stück. Den habsch angezochen als ich in de Operette bin", sagt sie.

Etwa eine Stunde lief Ilse im Blasewitzer Wohnzimmer auf und ab, setzte sich, stand wieder auf, soll sie oder soll sie nicht, war die Frage. Am Nachmittag fuhr sie mit der Straßenbahn Richtung Kleinzschachwitz. In Leuben stieg sie aus, ging in die Operette, meldete sich beim Intendanten an. Der Herr mit dem himmelblauen Wartburg empfing sie lächelnd. „Steiner", sagte er. „Fritz Steiner." Er war der Intendant des Hauses und das seit 1958. „Alles wieder ganz?", fragte Ilse. „Ich hab mich abschleppen lassen", sagte der Intendant. Dann ging er mit Ilse auf die Bühne. „Sie wollns wirklich?", fragte er. „Ja, ich will", sagte Ilse. Der Intendant lächelte wieder und setzte sich ans Klavier. Er spielte das Lied „Mein Herr Marquis" aus der Fledermaus. Ilse hatte es oft bei ihrem Vater gehört. Sie begann zu singen. Der Intendant lächelte und fragte, ob er Ilse zu einem Abendessen einladen dürfe. Ilse lehnte ab. Der Intendant erhob sich, ging von der Bühne und sagte, Ilse solle am nächsten Tag, 11 Uhr, zum Vorsingen kommen. „Die schöne Helena steht auf dem Programm, die Besten werden genommen",

Die Knöpfe: Herbert war kein Jäger, er war ein Sammler.

sagte er. Ilse setzte sich einen Augenblick auf einen der Zuschauerplätze. Es war in der siebten Reihe, erinnert sich Ilse. Sie sah nach vorn auf die Bühne. „Das muss es sin", sagte sie. Am nächsten Tag war sie pünktlich 11 Uhr da. Sie war nicht die einzige. Etwa zwanzig Frauen warteten darauf, gehört zu werden. Die Sängerinnen wurden aufgerufen. Als Ilse an der Reihe war, ging sie auf die Bühne. Der Intendant saß unten im Zuschauerraum. „Bitte", sagte er. Ilse sang. Der Intendant lächelt, sagte: „Danke, melden Sie sich beim Chorleiter bitte." Ilse erinnert sich, dass sie aus dem Operettenhaus auf die Straße rannte, die Arme in die Höhe streckte. „Das war dr Knaller in der Tüte. Ich konnte im Operettenchor mitsingen", sagt Ilse. Sie denkt an die schöne Helena und denkt daran, dass 1961 „Der Messeschlager Gisela" auf die Bühne kam und 1965 die berühmte „My Fair Lady". Alles hat sie gesehen, wie die andern Dresdner auch. Sie kennt auch viele Anekdoten aus der Zeit. Wie zum Beispiel die, als der Publikumsliebling Peter Herden eines Nachts nach der Vorstellung der „Lady" kein Taxi bekam und der Fahrer der letzten Straßenbahn sämtliche Fahrgäste aussteigen ließ, um den „Professor Higgins" von Leuben über den Schillerplatz bis zur Johannstadt, weiter über den Postplatz, die Dimitroff-Brücke zum Platz der Einheit, die Weichen eigenhändig stellend, bis in sein Haus auf den Weißen Hirsch zu kutschieren. „Dass de Politiker da jahrelang rumdiskutierten, ob die Operette e neues Haus braucht war doch e eenzsches Theater, eene Tragödsche war das", sagt Ilse und schüttelt den Kopf.
Als Ilse Marie Bähnert damals wieder zu Hause war, wurde ihr plötzlich schlecht. Sie legte sich auf das Bett. Herbert kam wie immer um fünf aus der Herrenmode. Erst wunderte er sich, dass Ilse zu Hause war, dann freute er sich mit ihr. Sie konnte

an der Operette eine neue Arbeit beginnen. „Ich weeß nich, mir isses so komisch", sagte Ilse dann. Und Herbert sagte: „Wir sind schwanger." Dieser Frühling 1961 war ein echter Frühling. Aber es kam wie jedes Jahr irgendwann der Herbst, denkt Ilse heute.

In Herberts Knopfkiste liegt auch ein silbern glänzender Druckknopf. „Der gehörte zu dem Kostüm aus der schönen Helena", denkt Ilse. Sie probte die drei Akte. Offenbachs Musik lag ihr, denkt sie. Und magere Zeiten waren es damals, wie auf der Bühne für Kalchas, den Oberpriester Jupiters. Die Spendenbereitschaft für den Göttervater nahm ab, doch dagegen stand die Liebesgöttin Venus hoch im Kurs. Sie hatte den Schönheitswettbewerb der Göttinnen gewonnen, weil sie Paris als Belohnung Helena, die schönste Frau der Welt, versprochen hatte. Helena ist auch nicht abgeneigt, obwohl sie verheiratet ist und immer auf der Suche nach Liebesabenteuern. So bittet Kalchas, ihr einen schönen Traum herbeizuzaubern. Und in diesem erscheint Paris. „E herrliches Stück, das passte wie de Faust offs Oche", sagt Ilse. Aber ihr passte das Kostüm nicht mehr. „Zur Premiere saß ich im Zuschauerraum, in der siebten Reihe", sagt Ilse. Herbert war mitgekommen, er hatte extra eine Übung bei der Feuerwehr abgesagt. Ihm gefiel die Helena, so gut, dass er „Bravo" rief. „Aber de Helma Reuter hat wirklich wunderbar geträllert", sagt Ilse. Ihr gefiel der Paris am besten. „Den Karl-Heinz Märtens habsch ja noch Jahre später gerne gesehen", sagt sie. Herbert sah auch beim Ballett sehr genau hin. Das ist Ilse noch bildlich in Erinnerung. Die Solotänzerin Ingeborg Kassner stierte er regelrecht an. An diesem Abend gingen Ilse und Herbert Arm in Arm aus dem Operettenhaus. „Es war gar nich so schwer, glücklich zu sein", sagt Ilse.

Die Schürze

Folge 10

Sie nimmt einen letzten Knopf aus der Kiste. Es ist ein kleiner durchsichtiger Plasteknopf. „Der is von eener meiner Kittelschürzen. Bestimmt von der, die mir der Herbert zur Hochzeet geschenkt hat. Irschendewann, ich gloobe das war Ende 61, habsch die ooch angezogen", sagt Ilse. Es war der Herbst nach dem August, als sich alles irgendwie änderte. Ilse ging nicht mehr in den Roten Kakadu. Als sie mal wieder vorbeilief, um in der Heide einen Spaziergang mit Herbert zu machen, hatte die kleine Tanzbar geschlossen. Die Russen fuhren aufgeregter als sonst aus dem Tor zum Lahmann-Sanatorium. „Ich war mir da nich mehr sicher, ob de kleen Russkis einem nich doch was zu Leide tun könn", sagt Ilse. Sie war zurück aus dem Diakonissen-Krankenhaus. Zwei Wochen lag sie dort. Ilse wollte nicht reden, Herbert sagte sie, er soll nicht fragen. „Jedenfalls is keener da, dem ich was vermachen kann", sagt Ilse. Für die Operette hatten sie ein Anrecht abgeschlossen. „Mir war nich mehr nach sing zu mute", sagt Ilse. Sie fing als Schneiderin in der Herrenmode an. „Das war schon de richtsche Entscheidung. Natürlich war das de richtsche Entscheidung! Es hat doch Spaß gemacht. Manchmal", sagt Ilse. „Wie mir damals an de Ostsee sin, in dem Bungalow, das hatten die woandersch nich. Nee, nee, es war schon schön. Und wie mir alle mit der Brigade zusammgehalten ham beim Frühstück, das habsch so woandersch ooch nich erlebt. Da ham alle mitgegessen, alle", sagt Ilse. Sie schließt Herberts Knopfkiste, stellt sie unter die Anrichte zu dem Schuhkarton mit den Fotos. „Da kann das glei jeder finden, wennsch ma nisch mehr bin", sagt Ilse. Sie läuft zurück zum Küchentisch, setzt sich, nimmt den Kugelschreiber. „Ich muss noch am Testament schreiben, es gibt so viel, was ich los wern muss. Das drickt aber ooch offs Herze", sagt Ilse. „Aber mr kann nich immer nach hinten sehen, ich geh jetzte erscht ma bissel in de Ferne gucken." Ilse steht auf, geht rüber in die Stube, setzt sich in ihren elektrischen Velours-Sessel. In der Seitentasche steckt die Fernbedienung. Sie drückt. Da flimmert ihr Heimatsender in der Röhre. Auf dem MDR kommt „Dabei ab zwei", angekündigt wird „Hier ab vier". „Am liebsten gucke ich ‚In aller Freundschaft'. Da gehts immer um Leben und Tod und am Ende is alles gut." Ilse lässt die Lehne ihres elektrischen Velours-Sessels nach hinten in die bequemste Schlafposition kippen und sagt: „Das Leben is zu Ende, aber ich bin noch lange nich fertsch."

Das Interview

Tom Pauls und seine Entdeckung der Ilse Bähnert

Was ist eigentlich mit Ilse Bähnert los? Die sächsische Ulknudel wirkt plötzlich ernst, denkt an ihr langes Leben zurück. Muss das Publikum um die vitale Dame bangen? Wird sie alt?
Sie wird nicht alt, sie ist alt. Immerhin ist sie inzwischen über 80 Jahre. Und spätestens in diesem Alter sollte der Mensch resümieren, was mit seinem Leben passiert ist. Bei Ilse Bähnert stellt sich schnell heraus, dass nicht alle Blütenträume reiften. Da war vieles welk, noch bevor die Ernte nahte.

Reicht nicht die Depression deutscher Stimmungsmacher, muss jetzt auch noch die lustige Witwe aus Sachsen das Leben schlecht machen?
Wieso schlecht? Jeder Mensch empfindet sein Leben als ein erfülltes Leben. Wer aber den Mut hat, genau hinzuschauen, der wird feststellen, dass es vor allem deshalb erfüllt ist, weil man es geschafft hat, die scheinbar hoffnungslosen Momente zu überstehen.

Repräsentiert Ilse Bähnert mit ihrer Geschichte eine Generation von Frauen, die am Ende wunschlos glücklich sind, nur weil sie sich nicht mehr trauen, Wünsche zu haben?
Nein, das glaube ich nicht. Ilse ist für eine Generation repräsentativ, die immer aus allem das Beste machte, dabei nie dazu neigte, maßlos im Wünschen zu sein. Sie ist 1925 geboren, wie wir wissen. Sie hat die Weimarer Republik am Rande noch gestreift, die Nazizeit überlebt, die DDR-Zeit erlebt und reflektiert dies heute im wieder vereinten Deutschland.

Sie kennt gesellschaftliche Systeme, zwei Diktaturen und zwei Demokratien, und verkörpert so ein Schicksal deutscher Geschichte. Ich denke, viele Frauen dieser Generation erkennen sich wieder in Ilse Bähnert. Und das Fatale ist, dass sie leider bald ihre Erlebnisse nicht mehr erzählen können, weil sie einer aussterbenden Generation angehören.

Ist es wirklich deutsche oder nicht vor allem sächsische Geschichte, die sich in der Figur der Ilse Bähnert widerspiegelt?
Natürlich ist es in diesem Fall sächsische Geschichte. Aber warum soll man die zwanghaft von der deutschen trennen? Sächsisch ist ihr Schicksal, weil Ilse hier nie groß raus kam. Ihr Horizont erstreckt sich zwischen Leipzig, Dresden und ihren Urlaubsorten an der Ostsee, in der Sächsischen Schweiz und dem Erzgebirge. Aber es geht vor allem um ihre Lebensmaxime, nämlich unverwüstlich zu sein. Dass sie sich einredet, es geht ihr gut, weil es ja noch viel schlimmer kommen könnte, zeichnet sie aus, ist aber zugleich eben eine besondere Überlebenshaltung des sächsischen Volkes, das ja oft genug in der Geschichte gebeutelt wurde und sich auf der falschen Seite befand. Ursache dafür war und ist unter anderem die Harmoniesucht der Sachsen, die ja nach wie vor Romantiker sind. Deutsch ist ihr Schicksal, weil die Entbehrungen, die Sehnsüchte, die Hoffnungen vor allem während und kurz nach dem Krieg überall die gleichen waren.

Der Sachse nennt sich höflich, helle und heemtiksch und meint, sich durch diese Verschlagenheit besonders auszuzeichnen, ohne sich hervorheben zu wollen. Was drückt sich in dieser Mentalität aus?
Natürlich besitzt jeder Mensch eine Kraft, überleben zu wol-

len. Aber dass Ilse nie barmt, das ist typisch sächsisch. Was andere furchtbar schwer nehmen, dem fühlt sie sich gewachsen. Sie hat nach heutigen Maßstäben nichts erreicht und ist trotzdem fröhlich. Selbst der Familie geschieht mitten in der scheinbaren Idylle ein Unglück nach dem anderen. Die Mutter zeigte keine Zärtlichkeiten, der Vater war gar nicht ihr Vater, die erste Liebe stirbt, an ihrem Mann konnte sie sich nicht anlehnen und von so genannter Selbstverwirklichung ist nur kurz die Rede. Sie ergibt sich ihrem Schicksal, ohne sich selbst aufzugeben. Aber das begreift sie erst in dem Augenblick, als sie anfängt, ihr Testament zu schreiben. Da bemerkt sie plötzlich, was eigentlich in ihrem Leben los war. Und das ist ganz schön bitter.

Sie passt damit gar nicht in das oft kolportierte Bild vom Jammer-Ossi.

Natürlich nicht, denn sie jammert nicht, sondern sie beschreibt, was sie erlebt hat. Sie gibt zu, dass nicht alles rosig war. Da jammert nur der, der sich über so viel Ehrlichkeit wundert und meint, sie sei ein armes Menschenkind. Nein, ist sie nicht. Sie geht erhobenen Hauptes durchs Leben. Letztlich gehört sie zu den Gewinnern der Geschichte. Denn von der deutschen Einheit haben die ostdeutschen Rentner sehr stark profitiert. Da ist es plötzlich wieder spezifisch sächsische Geschichte.

Haben sie es sich etwa nicht verdient?

Sie haben es sich verdient! Was haben sie denn vor der Wende an Grundrente bekommen? Die meisten konnten sich gar nichts leisten, obwohl sie das ganze Leben geschuftet haben. Heute sehe ich die Rentner im Café Toskana sitzen, ich sehe sie viele, viele Reisen machen. Die meisten Rentner haben doch gar keine Zeit, weil sie ständig unterwegs sind. Natürlich reicht es bei manchen vorne und hinten nicht, aber im Vergleich zu DDR-Zeiten stehen sie wirklich gut da. Und das ist gut so.

Das Buch erzählt von Ilse Bähnerts Großmutter, die adligen Geschlechts gewesen sein soll, es erzählt von der Mutter, die sehr streng und eher proletarisch war. Sind die beiden Frauen Vorbild für die Figur der Ilse?
Richtig. Frau Bähnert kommt auf der einen Seite aus besserem Hause, aber auf der anderen Seite wurde sie durch ihre Mutter, die sehr burschikos war, immer wieder auf den Boden der Tatsachen gezerrt. So glaubt Ilse zwar, zur besseren Gesellschaft zu gehören, setzt sich aber gleichzeitig deftig herb mit spitzem Ellenbogen durch. Dabei ist sie nie ordinär, sondern, sagen wir mal, rustikal. Oft wird ihr vorgeworfen, dass sie ordinär sei, aber sie bedient sich niemals der Fäkalsprache. Spätestens jetzt dürfte auch klar sein, dass sie niemals eine Putzfrau war, obwohl sie meistens mit Kittel auftaucht. Sie hat nie sauber gemacht bei anderen Leuten, sorgte aber trotzdem stets für Ordnung. Vor allem im eigenen Haushalt.

Wie viel Einfluss hatte der Vater?
Er hat in Ilse die Muse geweckt, insbesondere das Interesse an der Musik. Sie war im Ballett, hat gesungen und hatte dadurch eine Ader für die Bühne. Das bewirkten der Vater und die Erlebnisse im Gewandhaus. Sie unternahm einen Versuch, auf die Operetten-Bühne zu kommen, aber der scheiterte, weil sie für die Familie da sein wollte. Wir wissen doch, wie schnell Menschen desillusioniert sind, weil niemand ihre Begabungen fördert, sondern sie mit fadenscheinigen Argumenten davon

abgehalten werden und Talente so verschwinden. Aber Ilse findet später, als Herbert tot ist, wieder zur Bühne zurück, zum Beispiel bei Ilse Bähnerts Wunschkonzert im Dresdner Kulturpalast. Sie war auch auf dem Opernball in Görlitz und hat dort gesungen.

Wir reden hier von Ilse Bähnert, als hätte sie dieses Leben wirklich gelebt, so als wäre sie unsere Großmutter. Aber sie ist nicht mehr und nicht weniger als eine Kunstfigur. Wo kommt sie denn nun her?
Das steht doch alles in ihrer Biografie.

Jetzt soll die Erfindung zur Realität werden?
Wer mich kennt, der weiß, dass ich mich mit sehr vielen Menschen unterhalte. Sie erzählen mir ihre Schicksale. Da geht es dem Schauspieler nicht anders als dem Journalisten. Und dieses Buch ist ein Konglomerat aus wahren Begebenheiten und den Geschichten, die uns erzählt wurden. Vor allem aber sind es die Erzählungen unserer Großmütter. Nennen möchte ich meine Großmutter, Charlotte Teichert. Schon als Kind habe ich mich zu ihr oder zu den alten Damen gesetzt und zugehört. Diese Erfahrungen flossen schon immer in die Kunstfigur und jetzt in dieses Buch. Damit ist Ilse Bähnert sowohl ein Teil von mir als auch ein Teil der Menschen, die mir ihre Geschichten erzählten.

Angefangen hat es mit der Entdeckung der Bähnerten in einem Lene-Voigt-Buch. Kommt daher der Bezug zu der Dichterin?
Ja, denn angefangen hat es tatsächlich damit, dass mein erster Soloabend, den ich mit Holger Böhme erarbeitete, ein

Lene-Voigt-Programm war. Natürlich hätte ich die Texte auch im Anzug in Schlips und Kragen vortragen können. Da es aber kabarettistisch sein sollte, haben wir Figuren erfunden, nämlich eine Hausgemeinschaft im Haus der Ilse Bähnert, die es in zwei Texten der sächsischen Mundartdichterin Lene Voigt gibt. In dem Programm führte Ilse Bähnert durch das Haus und stellte die Mitbewohner vor. Und da haben wir überlegt, wie könnte die Ilse aussehen, was hat sie an, wie läuft sie, was für eine Stimme hat sie? Und mit der Beschäftigung dieser Figur wurde sie immer komplexer. Nachdem dies ein riesiger Erfolg war, begann Ilse Bähnert ein Eigenleben zu führen. Es entstand langsam das heute bekannte sächsische Unikum, das nicht mehr nur Texte der Lene Voigt vortrug, sondern herauswuchs, plötzlich wirklich in einem Mietshaus wohnte und einen Nachbarn namens Zieschong, gespielt von Uwe Steimle, bekam, auf der Bühne, im Radio und im Fernsehen auftauchte. Es entstand aus den Geschichten eine sächsische Biografie. Und plötzlich ist ein Buch da, das aber nicht nur heiter ist, sondern tragische Momente hat. Das ist eine logische Konsequenz.

Ist es auch logisch, dass Ilse plötzlich eine andere zu sein scheint, dass sie an manchen Stellen tief traurig, an anderen Stellen fast philosophisch wird. Warum kommt jetzt diese neue Seite hinzu?
Für diese Seite des Lebens hat sich bisher niemand interessiert. Keiner will die traurigen Geschichten hören. Aber hier werden sie endlich mal erzählt. Das spricht ihr aus der Seele. Sie setzt sich hin und sagt, jetzt schreibe ich mein Testament. Und plötzlich kommen die ganzen schlimmen Erinnerungen hoch. Im Rückblick scheint das Leben eine Katastrophe, aber sie hat es überstanden, sie hat aus allem etwas gelernt.

Warum bricht die Geschichte 1961 ab?

Weil der größte Teil der Geschichte aus der DDR mit Zieschong und Bähnert in der Ostalgie erzählt wird. In der MDR-Sendung wurden die aktuellen Ereignisse der 90er-Jahre besprochen und zugleich mit Rückblenden die DDR-Zeit reflektiert. Ich denke, dass diese Zeit mit den Ostalgien ausreichend beleuchtet ist. Das, was man von der Ilse noch nicht kennt, ist ihre Geschichte vor 1961.

Wie viel Tom Pauls steckt in Ilse Bähnert?

Ich bin nicht die Ilse Bähnert, sondern ich versuche eine ältere Dame zu spielen, welche sehr reich ist an Biografie. Ich ziehe mir keine Schürze an und setze mir keinen Hut auf, um die Frau vom Hans Wurst zu spielen, sondern ich spiele das, weil ich vom Innenleben des Menschen ausgehe. Sie trägt im bildlichen Sinne einen Rucksack mit sich herum, der prall gefüllt ist mit wunderbaren Geschichten. Und die wurden jetzt aufgeschrieben. Aber immer unter der Maßgabe: Es hätte ja genau so sein können. Da die Generation, die hier erzählt, ausstirbt, kann es mit diesem Buch vielleicht ein Stück gelingen zu sagen, sie leben noch in uns. Mein Vater zum Beispiel war Flüchtling aus Ostpreußen und wenn ich mich mit Freunden unterhalte, so stellen wir fest, dass jeder dritte ein Kind dieser Flüchtlingsgeneration ist. Was das bedeutet, wird jetzt nach 60 Jahren erst wirklich deutlich. Historiker arbeiten seit langem daran, dieses Kapitel zu schreiben, aber es fehlen die Geschichten der einfachen Leute, die alltäglichen Begebenheiten, die Gefühle. Die müssen wir doch an unsere Kinder weitergeben.

Ist das nicht zugleich eine Aufforderung an die Leser, selber

ihre Geschichten aufzuschreiben oder jemandem zu erzählen, der sie aufschreibt?
Unbedingt. Leute, greift zur Feder, wenn die Geschichten nicht aufgeschrieben werden, dann gibt es die nicht mehr, dann sind sie ausgelöscht. Leider, leider. Die vielen, vielen Jahre sind doch irgendwo noch gespeichert. Wenn ein Mensch stirbt, so ist das, als würde eine Bibliothek verbrennen.

Gespräch: Peter Ufer und Tom Pauls